译文纪实

GOOD PROSE
The Art of Nonfiction

Tracy Kidder Richard Todd

[美] 特雷西·基德尔
理查德·托德 著
黄红宇 译

非虚构的艺术

上海译文出版社

我们的教旨是，作家和读者应该怀着对彼此的充分信任一道前行。

——安东尼·特罗洛普，《巴切斯特大教堂》

目录

序

我们俩第一次见面是在波士顿《大西洋月刊》（下文简称为《大西洋》）的编辑部。确切是哪一天记不清了，不过肯定离 1973 年 7 月我们俩作为作家和编辑首次合作发表文章的日期不会太远。

那时，《大西洋》已经诞生一百十七年。它的总部是一座赤褐色砂石墙的古老宅屋，位于阿灵顿和马尔伯勒两条大街的拐角处，面向波士顿公共花园。一步步朝这座老宅走去，你能感受到传承。它固然是顶级的房产，但位于波士顿，而不是纽约或洛杉矶。这家杂志社的总部仿佛在昭告世人：我还没染上铜臭气。正如一则老掉牙的笑话里富有的波士顿主妇说："我们的帽子不是花钱买来的，而是家传的。"锅炉房的喧闹声在楼上的办公室里微弱地呜响着，办公室显示出"品位高雅的破落相"：墙上褪色的纪念品，华美的装饰嵌线上一层又一层变色的油漆，露出底子织线的地毯。在赛拉斯·拉帕姆[①]的时代，这座建筑一度是一栋独户公馆，当年的楼层布局大都保留了下来——后面有很多小房间，以前肯定是仆人住的；前面是带有壁炉的办公室，当供暖设备不足以抵御波士顿的严冬时，编辑们会时不时使用这些壁炉。

记忆里，这样的时代看来比我们今天更接近《大西洋》的悠远往昔，一个打字机和秘书的时代——秘书们大多是年轻女孩，说话冷嘲幽默，受过第一流的教育，力求在出版界开拓一番事业。也有少数几位年纪大一点的女性，其中有两位是编辑，一位在案头时戴一顶帽子。这两类女性的上班时间都很规律。男人们上午过了一半才来，不久就去吃午餐。“我去买个三明治就回来。”总编鲍勃·曼宁[②]在前往清一色男性组成的酒馆俱乐部享受全套午餐时，会这么跟助理说。他走后不久，职位较低的男士们就会溜出门，最后往往去里兹酒吧，在阿灵顿大街上，走过一个街区就到了。编辑如果带着一位作家，那么可以把午餐的费用记在杂志社的账上。几块火腿蛋松饼，两小瓶白葡萄酒，然后回到工作岗位，一般不会晚于两点半。很多下午都是这么兴高采烈。

《大西洋》当时几近破产，好不容易才能勉强应付各项开销，对于东主而言，是文化赤字开支的一种操演。编辑们薪水微薄，一年挣不到 2 万美元（那时 2 万块能买到的东西比现在多，当然，部分是因为那时没有现在这么多东西可以买）。青年作家按件计酬，一篇花费四个月心血写出来的长文章，最多也不过两三千美元。

《大西洋》的档案室里有一个宝库，收藏了 19 世纪晚期到 20 世纪早期几乎每一位美国主要作家的报刊文章、小说和诗歌。这份杂志依然是美国赫赫有名的文化权威之一，可是要发挥这

---

① 《大西洋月刊》第三任总编辑威廉·迪安·豪厄尔（1837—1920）的长篇小说《赛拉斯·拉帕姆发迹史》（1885）中的主人公。——译者

② 罗伯特·曼宁（Robert Manning，1919—2012），《大西洋月刊》第十任总编辑（1966—1980）。——译者

种作用变得越来越难。政治上，《大西洋》长期以来一直代表着自由派思想。如今，它的编辑们张大眼睛朝窗外望去，在外面的世界里，自由主义被左右夹击——一边是“气象员”①，一边是尼克松的白宫。每个月编辑部都要为杂志的封面争来论去，最后敲定的版本往往色彩鲜艳、夸张，徒劳地希望来点耸人听闻以提高报摊销量。可是这样的封面威胁到这本杂志的文化传承，对于铁杆读者和许多在那儿的工作人员来说，这才是杂志真正的魅力所在。

四十年是一段漫长的岁月，长到足以让昔日的“我们俩”现在回想起来好像是“他们俩”。我们俩当时很年轻——基德尔二十七，托德三十二——两人全力以赴将前途押在文学事业上。对于托德来说，担任《大西洋》的编辑是个体面活，就像拥有一件精美的古董。要是他能说了算，杂志会恢复全盛时期的单色封面。

至于基德尔，不管发表在哪儿，只要作品能够登出来，他就感恩不尽了，而在《大西洋》上发表文章的想法更让他激动不已。当时打电话很贵，研究补助金又少得可怜。对一位囊中羞涩的青年作家来说，在杂志社的大楼里，去很多空着没人的办公室打打地铺，给提供消息的人打打长途，还是蛮便利的。在大楼里基德尔度过了不少个日夜，耗费很多时间跟托德合作——托德的办公室有一个壁炉，还看得到外面的风景。至于

① 正式名称为“气象地下组织”，美国的一个极左派组织，活跃于1969年到1970年代中期，反对种族歧视和越南战争，号召以暴力革命推翻美国政府。其名称来自鲍勃·迪伦歌曲《地下思乡蓝调》中的歌词：“你不需要气象员就知道风朝哪个方向吹”。——译者

下班后的食品供应，你可以走过大厅，在曼宁办公室的吧台上找到。

我们俩彼此以姓氏相称，在陆军基本训练中我们的中士也是这么叫对方的。在基德尔看来，托德简直就没有童年，肯定一生下来就老成持重，另外，很可能他天生擅长反讽。在托德以及差不多所有其他人看来，基德尔老大不小，却还是一副年少轻狂的做派。他毫不掩饰自己的勃勃雄心，可是他的自信往往在卑躬屈膝和自吹自擂间摇摆不定。有一次，在一个拖得太长的圣诞节交际宴会上，他和鲍勃·曼宁正面交锋，宣称“我他妈的是西半球最棒的新闻记者”。第二天早上，他带着宿醉表示后悔，托德安慰他说：“最起码你还没自称是全世界最棒的。”两个人都觉得，是自己在耐着性子容忍对方。

基德尔发表在《大西洋》上的第一篇文章，写的是加利福尼亚州的一起连环杀人案[①]。他写完第一稿后，又改写了好几遍。他把这篇作品视为《冷血》[②] 的续篇。有一次，鲍勃·曼宁把基德尔的手稿退还给托德，在上面草草批注道：“我们得承认事实，这小子不会写东西。”托德对这句评语守口如瓶，只是告诉基德尔稿子仍需要修改，于是改写继续进行。

自此开启了一段漫长的交往。托德唯一拿得准的，就是手上有一位精力无穷的作家。对于基德尔来说，获许改写稿子而且没完没了地改写稿子是一种特殊待遇，不管怎么说都比退稿强多了。至于托德，能预见到一位乐意改写的作家可能终究会

---

① 墨西哥移民胡安·科罗纳谋杀二十五名农场流动劳工，把尸体掩埋在果园，1973 年被定罪。——译者

② 美国作家杜鲁门·卡波蒂（1924—1984）的代表作，1965 年出版，被誉为“真实罪案”类非虚构文学的里程碑。——译者

出人头地。托德曾经对一群学生说过一句话，没想到事后被传了出去："基德尔有一大优点，就是不怕写得烂。"实际上，基德尔很怕在公众面前写得烂，可是在托德面前，他不怕。基德尔会把多篇还没写完的手稿交给托德，甚至会在电话里自说自话地向托德朗读未完手稿的段落。很快托德就明白，基德尔需要从自己身上获得的并不是批评意见，而是抚慰，以帮助他树立信心，于是他会说："不错。接着写下去。"当一篇稿件完成后，托德会指出"一些问题"，由此开启另一轮改写。

这套流程在初期就被确立下来，贯穿了基德尔的多篇文章和头两本书。终于有一天，在基德尔创作《学童中》（*Among Schoolchildren*）的中途（这本书写一位小学五年级的教师），托德还没来得及审阅稿子，基德尔就开始自行修改了。这是一种不断拖延批评意见的手段。即使心里不承认，基德尔的目的无疑是，只要不停地改写稿子，就可以快活地欺骗自己。这种局面持续了一段时间，终于托德用最严肃的口气说："基德尔，你老在我没来得及看书稿前就改稿子，你要再这么干，我再也不看了。"基德尔收敛了，之前的工作惯例被重新确立。

《大西洋》最终易手。图书出版部门被廉价出让，总部被迁移，古老的大楼被翻建成一栋商务办公楼。我们俩流连了一段时间，在新任总编威廉·惠特沃思①手下工作。对于我们俩威廉就是典范，他曾经告诉基德尔："每一位作家都需要另外一组眼光来检视自己的作品。"当托德转行创作和编书之后，基德尔跟随了他。

① 威廉·惠特沃思（William Whitworth，1937—　），《大西洋月刊》第十一任总编辑（1980—1999）。——译者

本书的一部分记述了经验教训，是一位作家和一位编辑在近四十年的共事中所汲取的经验教训。《非虚构的艺术》的目标受众是读者和作家，是那些关心写作、关心如何写作和提高写作的人。我们基本的前提之一，就是你有能力学会如何写得更好。只要是聪明人，就不会否认天资的神秘莫测，或是灵感的神秘莫测。可是，如果说否认这些神秘力量是虚荣心作祟，那么一味依赖它们却只会一事无成。没有任何其他的艺术形式具备如此无穷的可变性。写作就是修改。写文章就是一分耕耘一分收获。

我们应该承认一些其他的禀性。在坚持事实方面，我们毫不含糊。非虚构远不止于事实确凿，可是它的出发点，就是不要凭空捏造。如果事件发生在星期二，那么星期二就是它发生的时间，哪怕星期四会构成一个更有条理的故事，也不能因此改动时间（至少根据我们的经验，到头来，星期二通常会构成一个更有趣的故事）。当然，这并不等于把事实和真相混为一谈，下文会探讨这个议题。

我们同样相信故事和人物的力量。我们认为，小说的各种技巧从来都不是虚构作品的专利；除了企图以虚构冒充事实之外，对于非虚构作家而言，没有哪种讲故事的技巧是禁区。我们认为，对严肃的非虚构作家来说，名不见经传的人物或是环境可以成为合适的写作对象。我们还认为，无论是故事、论证还是沉思，图书、随笔还是家书，每一样都要做到新颖而准确，能够表达出一种独特的人的存在。

过去三十年里，美国文化变得更加喧嚣、快速、碎片化。就直接效果而言，作家赶不上流行音乐或是动作电影、有线电视网新闻或是即时通信。我们认为，作家不应该也没必要试图赶上这些。我们知道，写作仍然是通往明晰思想和情感的最佳路线。

《非虚构的艺术》是一本源于实践的书，是多年来尝试写作三类散文的产物：写世界、写观念、写自己。换句话说，本书是我们俩尝试写作和编辑各种叙事文、随笔和回忆录的产物。我们给出建议，甚至偶尔会设定规则，同时谨记自己的表态不过是经验之谈，我们俩并非无所不知，只是通过尝试解决散文中的各种问题，学到了这些心得体会。对于我们而言，学到的心得体会本身，就是一段合作和友谊的故事。

1 开 头

第一次跟托德合作是在电话两头。我们俩谈论那篇我正在努力撰写的文章，对话如下：

这篇文章有什么地方不对劲？我问。

这个嘛……首先……他说着，停顿了一下，好像有话不得不跟我说却又不好意思说。这个嘛……首先是第一句。

我想要一个令人惊艳的开头。第一句是这样的："1971 年春，萨克拉门托谷的某人嗜血成癖。"艾奥瓦作家工作坊的一位同学赞美过这个句子。难道托德不喜欢吗？

不喜欢，他说，煽情剧风格。

几十年后，当我重提这段对话的时候，托德说："这个嘛……我想我还是坚持当初的判断。"他说话时口气带着一丝反讽，当年我可没有听出这层弦外之音。

——基德尔

写作就是和陌生人交谈。你希望他们信任你。你最好一开始就信任他们，一开始就设想读者的智力至少不逊于你以为自己所拥有的智力。当然，你知道一些读者不知道的事儿（要不然擅自写作还有什么意义呢?），可是假定读者拥有你不知道的知识很有帮助。这种态度并不是高抬对方，而是实事求是。好文章在作家和读者间创造了一种对话，假想的读者不时质疑你，批评你，有时也会赞同你——你希望如此。你的“知识”并不是从某个书架上抽出来，然后传达给读者的什么东西。你在散文中表现出来的知识，通常是你在写作过程中的发现，正如和朋友的谈话进入佳境，就好像你和读者共同得以发现。

作家被告知：他们必须“抓牢”读者，或是“勾住”读者，或是“捕获”读者。可是想想这些比喻吧。主题无不是暴力和强制。它们暗示的，是你可能想和罪犯而不是读者所保持的关系。蒙田说过：“我不想让任何人用强势引起我的注意。”

开头是限制的练习。你不可能让读者读完第一句或第一段就对你一见倾心，但你可以立刻就失去读者。你不期望医生马上就能治好你的病，可是如果医生唐突无礼、虚张声势、漠不关心或不知所云，就能马上让你产生疏远感。关于平静的开头，我们有好多话要说。

美国文学最令人难忘的一句开场白，就是“叫我以实玛利”(Call me Ishmael)。① 三个单词，四个节拍。这句子如此有名，以至人们有时候会脱离语境而运用，将其理解为一种威严的命令，一种从讲道坛上发出的洪亮之音。倾听这种声音，把它理解为几近随意的邀请则更为恰当。尽管随后有大千世界，这句话本身却惊人地简单。如果试着高声朗诵，你可能会发现自己相当柔和地、犹如谈话似的把它念了出来。

许多令人难忘的随笔、回忆录和叙事文就是从这样冷静的

① 美国作家赫尔曼·梅尔维尔（1819—1891）的长篇小说《白鲸记》的开场白。以实玛利是全书的叙事者和主人公。——译者

开头出发，直到戏剧性的高潮。《冷血》最为人称道的，是对两名杀人犯及其受害者令人毛骨悚然的叙述。这本书原本可以用无数种戏剧化的方式开头，事实上，它的开头却是一段节奏鲜明的白描：

> 霍尔科姆村坐落在堪萨斯州西部海拔很高的小麦平原上，对于这个人迹罕见的地区，其他堪萨斯人会用“那边”来指称。这片乡野，位于科罗拉多边境往东差不多七十英里，天空蔚蓝得刺目，空气清澈如大漠，具有比美国其他中西部地区更加鲜明的西部氛围。

尽管对平静开头的偏好不过是一种偏好，一种癖性，却能对不自量力的开头起到有效的限制。当然，一些著名的开场白被作家写得气势恢宏（“幸福的家庭都是相似的……”①），或是高屋建瓴（“这是最好的时代……”②）。这些措辞展示出极致的自信，一个多世纪来，读者们为之倾倒不已。你想高谈阔论，谁也管不了，可是记住你不是托尔斯泰或狄更斯，朴实的开头也能让读者产生共鸣，总归是谨慎之举。叫我以实玛利。

内敛也好，张扬也罢，一个漂亮的开头必然清晰易懂。有一条明显的线索贯串全文；遵循文字的逻辑或感情的逻辑，文意渐次涌现。清晰易懂不是一种激动人心的美德，但总归是种美德，尤其是在一篇文章的开头。有些作者（比如一些学者、

---

① 托尔斯泰小说《安娜·卡列尼娜》的开场白：“幸福的家庭都是相似的，不幸的家庭各有各的不幸。”——译者

② 狄更斯小说《双城记》的开场白：“这是最好的时代，这是最坏的时代……”——译者

官员和艺术批评家）好像对此有所抵触，甚至有意把文章写得不知所云。没多少人会承认这一点。有一个人承认了，那就是优秀却不可模仿的格特鲁德·斯泰因[①]："我的作品清晰如泥浆，可是泥浆沉淀下来，清流继续奔行，直至消失。"奇妙的是，这是她写过的最清晰易懂的句子之一。

对于许多作家、各种文体的作家而言，清晰易懂的确成为意欲实现其他目标的牺牲品，他们用华丽的文风令读者目眩神迷，或是用大量的信息轮番轰炸。好的写作，为读者提供一种双重体验，一面被故事或观念所吸引，一面享受作家的各种技艺。确实，要知道一篇作品是否称得上艺术品，一种检验方式就是，在读者头脑里同时有这两种快感。可是，让读者欣然享受作家的艺术成就，不代表作家可以在作品里自娱自乐。技巧、才能、独创性，这些都可能变得盛气凌人，富有侵略性。在文章的开头尤其如此。将注意力一味导向自身的艺术形象，在作品里往往是赘余的。作家要为故事和观念服务，并且总要为读者服务。

有时候作家让一段开场白过重，仅仅是因为害怕读者觉得无趣。这种担忧可以理解，然而不知所云才是最无趣的。在《风格的要素》的引言中，E·B·怀特提出，读者总是处于不知所云的危险之中。读者是"一个在沼泽中踉跄的行人"，作家（自然是沼泽的创造者）有责任"迅速排干这块沼泽，让行人登上干燥的地面，或者至少扔给他一段绳子"。

---

① 格特鲁德·斯泰因（Gertrude Stein，1874—1946），旅居法国的美国女作家和现代主义艺术收藏家。作品风格独特，试验意识流和有节奏的散文，意在唤起"纯粹存在的令人激动性"。——译者

清晰易懂并不总意味着短促或简单。以弗拉基米尔·纳博科夫的回忆录《说吧，记忆》的开场白为例：

> 摇篮在一座深渊的上方摇动，常识告诉我们，我们的存在不过是两段永恒的黑暗间一闪即逝的光明裂缝。尽管这两者是同卵双胞胎，可是人们通常会更加沉着地看待出生前的深渊，而不是自己正在（以每小时大约四千五百次的心率）向之进发的那个。可是，我认识一位年轻的时间恐惧症患者，当第一次看到自己出生几个星期前由家人拍摄的电影时，他体验到某种类恐慌。他看到了一个几乎一成不变的世界——同样的住房，同样的人们——然后意识到在那里面自己根本就不存在，也没有人为此而难过。他瞥见母亲从楼上的一扇窗户里招手，那个陌生的手势让他心神不宁，犹如某种神秘的道别。可是特别让他感到惊恐的，是看到一辆崭新的四轮手推婴儿车直挺挺立在门廊那儿，带着一具棺材洋洋自得、侵蚀四周的神气；即使那个也是空洞的，就仿佛在事件的逆过程中，连他的骨头都已经四分五裂。

这一段没有什么不知所云，可确实邀请我们深入思考一个迂回的观念，并引入了一位要求我们全神贯注的作者。他期待我们有长时间的思考。这种邀请清晰而坦率，伴随着一个耸肩的动作被传达给读者：你要是愿意，就好好接受吧。

你不能一股脑儿把什么都说出来。很大程度上，开头的艺术，就是决定什么东西一开始不说，留待晚些时候，或是干脆什么都不说。一次只处理一件事。让读者做好准备，告诉他们为了继续读下去所必要的信息，可顶多也就说这么多。新闻记者受到的教诲是，不要“埋没头条新闻”（bury the lead，新闻腔会把“lead”拼成“lede”）。换句话说，他们受到的教诲是，务必在新闻报道的一开头，就说出最重要的事实。将这一教诲贯彻到篇幅更长的文体中，效果非常糟糕。故事的核心往往是一个需要抵达的终点，而不是由此开始的起点。读者当然需要一个理由继续读下去，可是最好的理由不是别的，而是确信作家一定会抵达某个有趣的地方。乔治·奥威尔的《向加泰罗尼亚致敬》① 一开篇就描述了一位无名的意大利民兵，我们不太清楚此人有何意义，可是我们被要求倾听他的故事，这个故事相当详尽。在一长段描述的末尾，奥威尔写道：

> 我喜欢他，希望他也同样喜欢我。可是我也知道，要保持我对他的第一印象，我必须不再见他；不消说，我的确再也没有见过他。在西班牙，人们总是这么萍水相逢。

以一个马上消失不见的人物作为一本书的开头看来有些奇怪，因为开始的几句话暗示我们正在遭遇此书的主人公。事实上，文章开头引出的重要人物是一名叙事者，一位看来个性超凡、气质神秘的人物。我们不太了解他，我们渴望了解更多。我们打定了主意要追随他。

---

① 初版于1938年，记述了作者（1903—1950）在西班牙内战时期的经历见闻。——译者

当你开始阅读一本书，一篇随笔，或是一个杂志故事的时候，发生了什么？如果作品有趣，那么你在寻找作者。你在猜想藏在文章背后的那个头脑。这种猜想经常采用一种直截了当甚至是发自肺腑的形式：这个人究竟是谁？无论作家多么谨言慎行，他们都在场，读者会对他们形成判断。生活在一个作者隐身于第三人称全知全觉的络腮胡背后的时代，梭罗写道："我们通常不记得，归根结底，总是第一人称在说话。"[①] 今天的读者的确普遍会牢记这一点。也可能牢记得过了头。聪明的作家一面力求避免自我意识过于强烈，一面始终意识到读者们探查的眼睛。

当代作家弗朗辛·杜·普莱西克斯·格雷[②]把作家和读者间的遭遇想象成一种挑逗情欲："好作家就像好情人，必须和他/她的诱惑对象签订一份信任的契约。自相矛盾的是，这种契约能生效，很大程度上有赖于忐忑、神秘和出乎意料。"这一建议的核心——给予和保留之间的张力——辨识出一种所有作家都要面对的叙事决定；不过，在强调性爱关系的同时，格雷貌似忽视了写作真正的浪漫色彩。"神秘和出乎意料"可以发自内心，由作家和读者分享，而不必刻意营造。

一天早上，全国公共广播电台访问了一位爵士吉他手，他在回忆与伟大的迈尔斯·戴维斯[③]共同工作的经历时，说出了一番哲言。吉他手回忆，戴维斯曾经就如何演奏一首乐曲，向他

① 语出《瓦尔登湖》。——译者

② 弗朗辛·杜·普莱西克斯·格雷（Francine du Plessix Gray，1930—2019），出版多部非虚构文学作品，其自传获 2005 年美国图书批评家协会奖。下文引语出自其创作谈《文本的引诱》（2003）。——译者

③ 迈尔斯·戴维斯（Miles Davis，1926—1991），美国爵士音乐家、小号手、乐队指挥和作曲家，20 世纪最有影响力的音乐人之一。——译者

提出忠告：“演奏的时候，把自己想象成什么都不会的新手。”吉他手承认，当时他一点儿也不明白戴维斯说的是什么意思，可是从那以后，他演奏乐曲极其出彩，连自己也想不到。“演奏的时候，把自己想象成什么都不会的新手。”一个费解的忠告，可是在某种程度上作家能够理解其中蕴意：不要一味关注技巧，这么做无异于一味关注你自己。专注于你的故事，你的思路，或是你的记忆。不要害怕探索，甚至犹疑。乐于让你自己感到惊奇。

所以，还有另一种信任在起作用。在某种程度上，你必须信任自己作为作家的能力。你可能并不确切知道自己在往什么方向走，但是必须启程。有时候，虽然你没有精心策划，读者还是会尊重你付出的努力。在前英国殖民地加纳，英语仍是法定语言，但已经沦为第二顺位。那儿的人对于动词“尝试”（try）有一种很有意思的用法。如果一个加纳人某件事做得特别好，那么人们通常会对他说：“你试过了。”在美式英语里可能带有侮辱性的一个词，在这里却是高度的赞扬，肯定成就的精髓在于意图的纯粹。读者希望看到你尝试——不是试着让人敬服，而是试着取得进展。

2 叙　事

故　事

对我来说，找到一个想要讲的故事，与其说取决于努力和技巧，不如说往往取决于“构思之幸”，这个说法源于我的大学老师、诗人和伟大的翻译家罗伯特·菲茨杰拉德[①]。这种幸运可能始于一次邂逅，一条来自陌生人的建议，一次恍如天恩降临的灵光乍现。我知道最令作者激动的，莫过于一个精彩的故事构思。问题是，精彩的构思可遇而不可求，有时还会以拙劣的假面目出现。

我曾经有过一本书的构思，想法来自我买了一栋旧房子并试图自己整修的亲身经历。人工建构的庭园景致因我而改变；平生第一次我审视各种建筑，看到工匠的精湛技艺，或其阙如。几年后，我有能力雇用一个木匠团队，了不起的工匠，他们修好了被我弄坏的一些地方。我的构思是写一本以他们为对象的书。大主题是在美国建房，故事则会专注于某类工程项目里的木匠或建筑工人，至于具体什么项目还有待确定。

我把这个构思告诉了编辑、经纪人和作家朋友们。没有一个人喜欢。于是我放弃了这个想法，花了差不多两年时间探索其他的可能性。托德建议我写一本关于某位商业领袖的书，可是我想方设法也只安排了一次访谈，地点是纽约市一座摩天大厦的顶楼。这位总裁告诉我，他觉得自己没法多写，因为他不想让全世界知道他的成就实际上是多么微不足道。我写了好几篇关于大气化学和化学家的文章，可是对我来说，继续下去此路不通。我远赴西部，以为自己可以写一本关于荒野的书，可是当我在《大西洋》总部把这个构思告诉惠特沃思的时候，他说："写美丽风土的好文章已经够多了，你还要再来一篇凑热闹吗?"终于有一天，我对托德说："你知道，我真的很想尝试一下那本关于木匠的书。"

我记得他向我投来困惑的目光，仿佛是在询问，为什么我以前没有跟他说起过这个。"好啊，去做就是了。"他说。

结果，我不止关注木匠团队，还关注建造一栋独户住房所涉及的全部准则。搜集素材持续了差不多一年。到那时为止，我已经把素材收集和索引工作完成得差不多了，我退回到办公室，试着开始理解自己观察到的材料。我设想，这一刻对于大多数非虚构作家来说大同小异。我们坐在办公室的书桌前，远离俗世尘嚣，凝视着书桌上成堆的笔记本，希望其中蕴藏着故事，可又再一次感到没多少把握。

以往遇到这类情况时，我通常会听到令人忧虑的声音，部分是为了平息这些声音，部分是为了忘却自我，我开始快速写作，心里并没有一个明确的计划。可是这一次不一样。实际上

---

① 罗伯特·菲茨杰拉德（Robert Fitzgerald，1910—1985），1965—1981年任哈佛大学修辞学与演讲术教授，他翻译的古希腊罗马文学经典成为英语世界的标准文本。——译者

我很笃定。我坐着往窗外凝视，千真万确地知道自己在倾听那本想写的书。我听到犹如母亲阅读狄更斯的声音，对我而言，这是一种旧式长篇小说的声音。接着我开始写作，回想起来，我相当快乐而稳定地写了六个月左右，然后去了一个鸡尾酒会，一位新结识的友人问我在写什么。我跟他说了以后，他说："你的意思是说，你整本书都在写怎么建造一栋住房？"

换了平时，这些话会让我一肚子不痛快。可是那个时候，我很有把握一个精彩的故事正在手稿里成型。它看起来通往很多方向，让我着迷的不但是建筑师、建筑工人和最初的房主，还有他们之间时不时犹如狂风暴雨般的关系。这是一个没有性意味的三角家庭[1]，一个关于精湛工艺和社会阶级的故事，一个多维度的故事。我觉得要让这个爱唱反调的家伙感兴趣也不是什么难事，前提是我必须把全部的构想都说给他听，那样未免太耗费时间和精力。那时那刻，平生第一次我想把所有的构思都留在稿纸上和头脑里。

现在，当人们轻而易举地概括一个故事，概述听起来很有意思，甚至更糟的是，很激动人心的时候，我往往会感到担忧。这可能纯属迷信，可是我相信，说到判断一位作者的素材，有一句名言千真万确，姑且这么说吧，一条鸡尾酒会的规则：当一个有潜力的故事三言两语说不清的时候，未必总是一个坏兆头。

——基德尔

① 原文为法文词，指一对夫妇和其中一人的情人同居在一起，共享性关系。——译者

每个故事都得被发现两次，第一次是在这世上，第二次是在作者的案头。通过建构一个故事，作者重新发现了它。在非虚构写作中，材料是事实性的，不过建构本身不同于事实。

一些作家一开始花上一两天编制故事大纲，最简略地推想故事的基本要素，接着尝试讲述这个故事，并在每一个看起来有希望的地方，随时变动自己的写作计划。这种方法自有其优势。就像实地开车走一趟，而不是把地图记在脑子里来熟悉一条路线。这么做的危险不在于犯错（在早期犯错反而是好事），而在于太早就让自己全力投入一个看来很有希望的构思，当构思被证明行不通的时候，可能很难舍弃。与此相反，一些作家深思熟虑好几天、好几个星期（甚至好几个月!），直到对写作计划胸有成竹才开始动笔。话又说回来，除非你试图讲述关于自己的故事，否则不动笔的话，你永远也不会知道自己到底理不理解自己的构思。还有一条折衷之道——一方面激情饱满地一路写下去，另一方面为自己留好后路：写下大段的散文，却不必老是想着这些段落会通向何处，段落之间又如何衔接。最终，你必须努力找到最管用的技巧，同时记住：大多数作家确实解决了这个问题，至于如何解决，对于只看结果的读者来说完全不重要。

当然，大致知道你在寻觅什么，会有帮助。归根结底，故事究竟是什么？它不是题材。一个好的故事可能包含了关于话题或议题的大量信息，如同层层绽放蕴意的芳华。它是透过一粒沙子窥看一个世界的方式。① 可是，这不是一粒随随便便的沙

① 暗指英国浪漫主义诗人威廉·布莱克（1757—1827）的名诗："一沙见世界，一花窥天堂。手心握无限，须臾纳永恒。"——译者

子。一个故事活在它的细节里，活在人物、地点和时间的独特中。

有很多原型故事：讲述求索和磨难、罪孽和救赎、认同和自我牺牲；讲述追逐、神怪、三角恋爱、正邪斗法；讲述避祸、逃亡、悲剧。很多（可能是大多数）非虚构作家四处搜寻以上的各种原型故事，当他们找到相应的真实事物时，感觉自己很幸运，因为真实世界中的故事并不总如预期般发生。即便故事发生，当作家致力于重新建构时，它也未必总像一开始时那么富有戏剧性。坏蛋本人并没有照片里看起来那么穷凶极恶；势不两立的双方在审判中期达成了庭外和解；谋杀到头来却被证明根本就不是谋杀。非虚构作家，特别是叙述事实的新手，特别容易感受到这类失望。当事件没有传达出某种显而易见的戏剧性（人人都能从中读出一个故事）时，年轻作家会说："这个我可没法儿写成一本书。"可他们缺少的往往不是一个故事。他们缺少的，是以一种更加开阔的方式思考，究竟是什么构成了一个好故事。

戏剧性来自冲突，这是老生常谈，也往往会误导人。人们一般把故事里的冲突，理解为好人和坏人间的外部争斗。说《哈姆莱特》描写了一个王子和一个篡位国王间的冲突，（显然）过度简化了这部内涵丰富、充满神秘意味的戏剧，事实上也彻底误读了这部作品。最重要的冲突往往发生在人物的内心世界，或是叙事者的内心世界。《哈姆莱特》的故事，以一个内心充满矛盾、行动令人费解的人物开场，结束时，作者和读者加深了对这个人物的理解，一系列事件反而以平静的方式，揭示出某种戏剧性的真相。人们可以把这类故事称为心灵启示式叙事。

在乔恩·克拉考尔[①]的《荒野生存》中，一个年轻人满怀对荒野生活的浪漫奇想去了阿拉斯加，结果却饿死在那里。如果平铺直叙，很可能会把这个故事写成一出惊悚奇遇记。克拉考尔的故事版本却弥漫着令人惶惑和伤感的情调，让我们透视这个年轻人，并且通过他和他的困境，以新鲜的眼光重新审视荒野这个伟大的美国题材。

在安妮·法迪曼[②]的《神灵附体，你就倒下》中，由于对一个羊痫风儿童病例截然不同的理解，美国医生和老挝山乡移民之间发生了纠葛。关于一个儿童健康的外部冲突是这个故事的核心情节。可是故事的精髓却存在于两个阵营之间日益增长的互相理解和同情，而隐身于背景中的作者也从中领悟到了某些东西。

乔纳森·哈尔[③]的《漫长的诉讼》在很大程度上也依赖由事件驱动的叙事，一个关于环境污染诉讼的故事。对于作者的一些朋友来说，写作的缘起令人心存疑虑。有关环境污染丑闻的书早已司空见惯，谁会有心思再多读一本呢？要知道在这类书中，坏人一望即知，故事的社会意义显而易见。可是哈尔将其演绎为一篇个人传奇故事，而不是一则道德寓言。主角努力做一件善事，但同时性格偏执，受道德压力驱动，还野心勃勃。作为一名律师，他情愿把官司打到远超越法理的地步。性格成

① 乔恩·克拉考尔（Jon Krakauer，1954—　），1997 年《荒野生存》出版后，占据《纽约时报》畅销书榜达两年之久，2007 年被改编成同名电影，由奥斯卡影帝肖恩·潘编剧和导演。——译者

② 安妮·法迪曼（Anne Fadiman，1953—　），《神灵附体，你就倒下》获 1997 年全美图书批评家协会奖。——译者

③ 乔纳森·哈尔（Jonathan Harr，1948—　），《漫长的诉讼》获 1995 年全美图书批评家协会奖，1998 年被改编为同名电影。——译者

就了他，也困住了他。换句话说，《漫长的诉讼》《神灵附体，你就倒下》和《荒野生存》在其最深的层面上，隶属于心灵启示式叙事。

心灵启示，即某人对某些事物有所领悟，是将事件转化为故事的关键。没有心灵启示，一个激荡人心的故事就会让我们产生这样的疑问："难道只有这些吗？"挖掘心灵启示这种更深层的戏剧性对于非虚构作家是一大挑战，尤其是恰好遇到一个扣人心弦的故事的作家。对于那些手里的故事缺乏明显的戏剧性、但可能包含其他重要品质的作家，这是一个机会，同时也是一种潜在的安慰。

让一个故事有机会活下来，最要紧的，就是当某一重大事物处于危急关头，有一个难题横阻在人物面前，或是横阻在试图理解这些人物的读者面前。难题的展开和解决才是真正的高潮。并不需要什么飞车戏。

视　角

从1970年代末一直到2000年，我和基德尔合作了五本书，除了一本以外，其他都采用了第三人称。至少在《学童中》这本书里，使用第三人称被证明是绝对必要的。基德尔并没有参与他所讲述的这些进程，他的任务主要是通过一位老师的眼睛，来描绘基础教育世界的一个小角落。他通过观察以及深入细致的事后访谈实现这个任务，访谈中的主要问题是："你当时是怎么想的？"有时候也会问："你现在怎么想？"

在基德尔的其他一些书里，第三人称不是一个必选项，可是他仍坚持采用。在我看来，之所以这么做，部分缘于他对事物之整饬和纪律的热爱。他坚持采用这种视角，直到2000年代早期写作《越过一山，又是一山》①。这本书的初稿他用第三人称写成，可是并不成功。

故事的核心人物保罗·法默医生名气并不算特别大（至少当时是这样的），但也并非等闲之辈。他的才干极高，行动富有英雄气概，无私奉献的精神可与圣徒媲美。他所需要的（我的意思是，作为故事里的人物所需要的）是被塑造成一个可信的形象。传奇人物需要被转述为凡夫俗子。起初基德尔采用第三人称描述法默，完全达不到预期的效果。这个每天晚上只睡三个钟头、高谈阔论社会不公的家伙，究竟是何许人物？他看上去超凡脱俗。他悬壶济世，这个自然没的说，可是你受得了成天跟他待在一起吗？当我们讨论这个话题时，基德尔坚决认为，就个人而言，法默是一个很棒的旅伴，既彬彬有礼又妙趣横生。“而且你生病的时候，他还能给你治。”基德尔补充了一句。可是怎样才能使得这个人让读者可以接受呢？

基德尔最后意识到，他必须为疑虑的读者代言替身，必须把自己表现为一个忍耐和同情心平平的普通人，因缘际会下与一位圣徒同行，并且讲述他的故事。于是，平生第一次基德尔在书中描绘自己，记录了他和法默一起旅行时感受的惶恐和渐渐消退的疑虑。

在书的第一部中，基德尔来到医生位于海地的医院，在赤

① 书名来自一句海地谚语，意思是“障碍之外更有障碍”，在你解决一个问题的时候，另一个问题会自己冒出来，所以你得接连不断地解决。——译者

贫的海地乡村，医院犹如沙漠里的绿洲。基德尔以节制的景仰之情描述法默，然后和他走了一段长路进入群山，寻找一位需要治疗的病人。尽管医生本人身患病痛，爬山时却毫不费力。作者渐渐体力不支，当然这有一些表演的成分（尽管也是事实）。真正重要的是，基德尔提供了一种方式，让我们听到法默的声音，就仿佛他的高谈阔论正在穿透我们世俗的、疑虑重重的耳朵。他们爬上了山顶，得到的奖品是一颗救生员牌糖果。接着基德尔细细描述了他们往山下俯视一个水坝蓄水的场景，正是这些蓄水淹没了无数农夫的田地，造成他们的赤贫。法默说："要理解俄国，要理解古巴、多米尼加共和国、波士顿、身份政治、斯里兰卡和救生员牌糖果，你必须置身这个山顶。"

基德尔没有回应法默，而是对我们说道："列这样一份单子显然是在开玩笑。他说话的语气也是玩笑式的。可是我觉得他说出了一些很重要的东西。我觉得自己大致听懂了他的意思。农田被淹没的景象……就是观看世界的一块透镜。他的透镜。通过这块透镜，你开始看到全世界几十亿的穷人，以及他们的苦难环环相连的诸多成因。不管怎么说，看来他认为我的确理解了他的意思，我不无恼怒地意识到，当时自己什么话也不敢说，只是因为害怕会让他失望。"

圣徒的副作用之一，就是让我等凡人自觉渺小，甚至恼羞成怒。在这里，作者替我们恼羞成怒。"不无恼怒"是这一段的关键语。可以想象，如果以第三人称视角重述这一段，就像新闻报道那样，效果将会如何："法默对一位采访记者说……"倘若没有暴露自我心声的叙事者的巧为安排，这个场景就会显得毫无意义，甚至荒唐可笑。

这样做不只是为了方便，微观宇宙里的事件正是整本书的雏形。作者对题材的理解成为故事本身。通过叙事者逐步加深的理解，保罗·法默被展示在我们面前。这是心灵启示式叙事的又一个范例。

——托德

视角是一个地点，作家由此倾听和观察。选择此地而不是彼地作为视角，决定了看得到什么，看不到什么，谁的心灵可以进入，谁的又不可以。这一选择也深刻地影响到口吻，即作者对故事中事件和人物的明显态度。口吻是讲故事的一个要素，当它不太对头的时候，最容易被察觉到。比如，作者对作品里的一个人物抱着高高在上的态度，自己却浑然不察，可是读者能感觉出来。视角是一个支点，不仅如此，它也是一种思考和感受的方式。

主要的选择当然落在第三人称和第一人称之间，落在一个没有实体的声音和“我”（非虚构中，在某个方面“我”就是作者）之间。对于有些人来说，选择在坐下来写作之前就已经做好了。一些作家觉得必须使用第三人称，传统上这是一种客观的声音、不偏不倚的方式，很适合新闻或历史写作。与此形成鲜明对比的是，其他作家即便不是写自传，似乎也会条件反射般地采用第一人称。视角的选用实际上是一种选择，是建构非虚构叙事的基础并具有重大的影响。第一或第三人称本身并不具备固有的道德优越性，然而错误的选择会扼杀一个故事，或是扭曲它，把它变成一个谎言，一个有时候是由事实组成的谎言。

另一个需要考虑的因素是，故事的规模。以亚历克斯·克罗威兹《这里没有孩子》[1] 的开头为例：

> 九岁的法罗·里弗斯摔倒趴下。“把手伸给我，”他哥哥、快十二岁的拉法耶特命令道，“把手伸给我。”法罗抬起手臂，抓住哥哥细长的手指，手指引领他走过一条尽是污泥和灌木、滑溜又狭窄的林间小道。
>
> “喂，快点儿，”拉法耶特催促着……“走啊。”他停下脚步，注视法罗吃力地穿越一片浓密的藤本植物。“我说，你可真磨蹭！”

两个男孩正在攀爬一条铁路的路基，既是为了探险，又是为了打发芝加哥公屋区的夏天。第三个人在这一场景的上空盘旋，一位观察者，可至少在初读时，我们不会去多想还有这么一个人。观察者可以暴露自己的存在，可以告知自己在跟踪两个男孩的时候擦伤了膝盖。可即使我们知道他在场，他还是隐形的。对一些读者来说，以这样的方式讲故事会让故事变得不完整。可是，如果克罗威兹在这段短小的开场中暴露自己的存在，那么必须要解释很多东西，包括他和两个男孩的关系、他本人的真实在场，等等。除了很有可能让大多数读者觉得无趣，所有这些信息还会破坏故事开头的规模。它们会扩大故事的视域，让两个男孩和他们生活的世界比克罗威兹刻意呈现的更渺

① *There Are No Children Here*，1991 年的畅销传记，副标题是《在另一个美国长大的两个男孩的故事》，写两兄弟在充斥暴力的芝加哥公屋区成长的经历，暴露出机能失调的社会环境如何无情地剥夺了底层青少年的纯真。——译者

小。作者想要邀请我们进入两个男孩自成一体的生活圈；想要尽量从他们的视角讲述他们的故事。第一人称叙事者会破坏克罗威兹苦心经营的魔法，即让读者产生单独和两个男孩待在一起的幻觉。

因此，作家试图创造的世界，其规模往往和“我”这个词的在场或缺席有关。“我”提供人的尺度来比照一个更大的背景。比如，大多数旅行写作都依赖第一人称，照片里的人像为你展示雕像到底有多高。通常，画布越小，第一人称就越有侵略性。

即使是一个包含多个人物的复杂故事，也可以通过第一人称叙事者的缺席，而不是在场，变得更有即时性。比起第一人称，第三人称没有实体的声音有时能使读者更亲密地接触主人公，就好比《漫长的诉讼》的这一段：

> 7月中一个星期六早晨的八点三十分，律师施利希特曼被电话唤醒。他才睡了几个小时，而且没有睡踏实。电话铃大响的时候，他正梦见在一家波士顿保险公司会计部工作的一位年轻姑娘。姑娘有着暗棕色的眼睛，明净的肤色，齐肩的黑发。在过去五个月的每一个工作日里，姑娘就坐在法庭里施利希特曼的斜对面，不到十英尺开外的地方。五个月来，施利希特曼从没有跟她说过一句话，她也没有跟他说过一句话。他听过一次她说话的声音，是第一次见到她的时候，可是他不再记得那个声音。当他们的目光无意间相遇时，两个人不露声色地对视，刻意不在目光里传达任何意义，并在不冒犯对方的前提下尽快将视线移开。

姑娘是一位陪审员。施利希特曼希望她喜欢并信任自己。他拼命想知道她脑子里在想什么。梦里，他和她站在一片茂密的森林中……

一部非虚构作品就这样开始引入主要人物。把我们放在他的床上。实际上，我们与他共眠，不只观察他做梦，还和他一起观察他做的梦。批评家和作家们用一个术语描述这种技巧，这个术语不是肆无忌惮。他们称之为“受限的第三人称”或“有限的第三人称”。读者看到的世界，就是人物看到的世界。这种方式很少以纯粹的形式出现。更经常的情况是，我们看到人物看到的东西，也看到人物正在看这些东西。当然，这种技巧在小说里更加普遍。

在非虚构中，受限的第三人称有实际的代价。使用它的权利必须是争取来的；写“她想到……”或是“他梦到……”，前提是人物承认这么思考或这么做梦，并且作家有足够的理由相信他们说的是实话。乔纳森·哈尔花了八年时间写《漫长的诉讼》，他乐于承认，其中有几年荒废了，没有写作，但更多的时间都用来与他书中的主要人物交往，在很多没什么要紧事儿发生的场合，竖起耳朵，睁大眼睛，摊开笔记本。花时间同一位写作对象待在一起，看来是营造一种人际关系的必经之路，正是这种关系使得一位作家能够进入他人的梦境，可是大多数作家都耗不起这么多时间，或是受不了耗这么多时间。

什么时候我们宁可选择第一人称，而不是第三人称呢？要是你卷入了自己正在描述的事件，你多半会选用第一人称；要是你的在场对于事件的结果产生了可知的影响，你会感觉必须选用第一人称。选择第一人称也可能更多是为了方便起见，而不是出于坦诚。“我”看来只是一种更自然的方式，也仅仅是在这一意义上，看起来更加坦诚，更不造作。事实上第一人称叙事者的涉入可以是非常浅层的。有时候“我”在场，仅仅是为了加速作品向前推移：“我们在纽约下东城一个不起眼的咖啡馆碰头……”或仅仅是为了记录人物说的话：“他告诉我，他来这种地方，是因为它们让他想起了战前的布达佩斯特……”

第一人称的众多变体都能有效地承接这一功能。人们可以称之为“第一人称次要人物”，“受限的第一人称”或是“理性人”。这种视角的显著特征，在于它为自身设定的界限和约束。通常，文本中很少透露叙事者本身的信息，包括叙事者的意见。

第一人称次要人物出现了很长一段时间。它长盛于《纽约客》杂志。若要溯源的话，以六十年前莉莲·罗斯[①]和她的厄内斯特·海明威经典传略为标志，这种样式得以确立。根据罗斯的大量笔记，海明威透露自己处于晕头转向的（同时也是酩酊大醉的）反抗状态，犹如一记接一记的重拳轰砸在脑袋上。文章的第一句优雅至极，读来仿佛是对经典作品的戏拟：“厄内斯特·海明威很可能是在世的最伟大的美国长篇小说家和短篇小说家，却极少来纽约。”这篇传略让人感到亲切，作者丝毫没有隐藏自己的在场，可却做到了一点儿也不显眼。她扮演了一个忠于职守的角色。当海明威召唤时，她就会出现。关于她的生活我们则一无所闻。如果你暂停阅读，细想一下，就会意识到

① 莉莲·罗斯（Lillian Rose，1926—　），自1945年起任《纽约客》特约撰稿人。她写的海明威传略发表于1950年5月13日的《纽约客》。——译者

这一时刻对她来说非比寻常，一个二十出头的作者正在侧写世界上最负盛名的作家。一个直来直去的记者可能会把自己写得戏味十足。罗斯却把自己表现为当时的定型角色，一个“星期五女郎”[①]，兴高采烈，无所不能，没有明显的自我需求。

以第一人称次要人物的视角写作，是《纽约客》另一位长期撰稿人约翰·麦克菲的一大特色。在他笔下，受限的第一人称，尽管在个性上暧昧不明，却可以积极推动事件的发生，并通过承认自己的在场，甚至通过自己的在场，帮助揭示写作对象。下面一段简短的场景，选自麦克菲关于比尔·布拉德利的长篇传略《自我定位》[②]。麦克菲写书的时候，布拉德利是一位篮球明星，还没有当上参议员。当时，麦克菲正在看布拉德利练球，布拉德利投球不中：

> ……球在篮筐上滴溜溜打转，却没有入圈。
>
> “怎么回事儿?”我问他。
>
> “我起跳不够高。”他说。
>
> “你每次投球不中，都知道是什么原因吗?”
>
> “是的。”他说，又一个球没投中。
>
> “这次是怎么回事儿?”

---

① 星期五是丹尼尔·笛福小说《鲁滨孙漂流记》的主要人物之一，由此衍生出“星期五男人”的习语，意思是“得力男助手”。与之相对应的是“星期五女郎”，即“得力女助手”。——译者

② 描述比尔·布拉德利（1943— ）如何在普林斯顿大学成长为篮球明星的作品《自我定位》（1965）是约翰·麦克菲（John McPhee，1931— ）的处女作和成名作。本书出版后，主人公和作者相继在体坛和文坛取得辉煌成就：布拉德利两度领衔纽约尼克斯队赢得全美篮球协会总冠军，后连任新泽西州参议员近二十年；麦克菲则出版了近三十本书，成为美国非虚构文学的一大开拓者。——译者

“我在跟你说话。我没集中注意。投篮的奥秘就是全神贯注。”

这是一个实用型的第一人称，自然而随意，有助于读者观察。不过有时候，新闻报道里的第一人称扮演了更重大的角色，不只是有用，而且至关重要，比如在一些传略作品中，作家必须考量故事中的各个人物。他们是否需要一双明辨的眼睛来为读者诠释自己，来应对读者对他们的反应？有时候第一人称应该受到限定，但在其他时刻，“我”作为考量人物的尺度不可或缺。

一个多少富有心灵启示的第一人称，存在于第一人称次要人物和所谓的第一人称主要人物之间的广阔地带中。有些情景里，让读者确信一个故事的精准看来很有必要，一种可能的解决方式是充当第一人称叙事者，揭示报道故事的来龙去脉，哪怕这种揭示只是间接的。当然，在极端情况下，作者对写作对象的逐步了解成为叙事的核心。这种情形经常出现在描写地域风情的作品中，比如布鲁斯·查特文的《巴塔哥尼亚高原上》[1]和伊恩·弗雷泽的《大平原》[2]。

在随笔《文学性新闻记者不必遵守的规则》[3] 里，马克·克莱默赞扬了一类记者，他们往往将自己呈现为一个“亲密、坦

---

① 英国作家布鲁斯·查特文（Bruce Chatwin，1940—1989）的旅行文学名作，出版于1977年，描写南美洲的风土人情。——译者

②《纽约客》特约撰稿人伊恩·弗雷泽（Ian Frazier，1951— ）的畅销旅行文学著作，出版于1989年，将第一人称与对美国中西部心脏地带历史风俗的深度研究融合起来。——译者

③ 见诺曼·西姆斯和马克·克莱默主编的选集《文学性新闻主义》(1995)。——译者

诚、人性又擅长反讽的声音”。可是这种亲切感是一种高度风格化的东西。说白了，叙事的“我”是一种虚构。这不等于说它是一个谎言。实际上，它标志着由各种要素组合而成的一种人格，一种作者事实上拥有，也可能只是渴望拥有的人格。正如在小说里一样，报告文学里的“我”，不过是一种被建构起来的东西，是对其创造者的一种巨大简化。

有时候这个“我”跃然纸上，将自我戏剧化，存在感确实很强。有时候它指的是“我”对于重大事件或社会困境的亲历亲闻：它是《苦行记》一书中，马克·吐温在西部边疆采矿营地的所见所闻。[①] 最近，它是大卫·福斯特·华莱士在一艘游艇上的奇遇，[②] 或是芭芭拉·艾伦瑞克描述自己身为挣最低工资的工人，遍尝生活百味。[③]

还有一个有趣的例子是最近去世的诺曼·梅勒[④]。他称自己最初以文章形式发表于《哈泼斯》杂志的《夜幕下的大军》是“作为小说的历史”和“作为历史的小说”。看上去两者都不像。它看起来更像报告文学，把第一人称转化为第三人称的报告文学。在这本书里，梅勒变成了“梅勒”，一个既报道又参与 1967

---

① 马克·吐温于 1872 年出版的第二本半自传性著作。——译者

② 指大卫·福斯特·华莱士（David Foster Wallace，1962—2008）1996 年发表的《一件本应该让人开心的事，我却说什么也不会再做》。文章记述作者乘坐豪华游艇游弋加勒比海一周的旅程，描绘了游艇上的奢靡生活如何将他转化为一个被惯坏的公子哥，最终导致内心强烈的绝望。——译者

③ 指芭芭拉·艾伦瑞克（Barbara Ehrenreich，1941— ）2001 年出版的畅销书《我在底层的生活》。作者以暗访的方式调查了 1996 年美国社会救助改革法案对贫困工薪阶级的影响。——译者

④ 诺曼·梅勒（Norman Mailer，1923—2007），1968 年出版《夜幕下的大军》，以历史化和长篇小说化两种分裂的方式叙述 1967 年 10 月发生在华府的反越战示威行动，以其对纪实长篇小说的革新获得普利策奖和国家图书奖。——译者

年五角大楼示威游行的人物。有时候，他对第三人称—第一人称的采用分配像是越狱。你能感受到其中的解放，开辟了各种可能性把叙事者从第一人称“我”的压制中解脱出来。他采用的姿态可能极度个人化，极度自我。可是与此同时，又与自我保留了一段富有喜剧色彩的距离，既肆无忌惮地自我吹捧，又堂而皇之地自我嘲弄。要不是梅勒早已通过他之前的著作和乖僻行为（有一次是犯罪行为①）成了一位公众人物——很多人称之为“梅勒”，这种叫法可不带什么善意——这一招可能根本就无法奏效。

小说可以采用另外一种变体，“不可靠的叙事者”。我们理解这些叙事者的方式注定和这些叙事者的自我理解不同。在非虚构中，很难玩转这一戏法。可是有一位作家庶几近之：刚过世不久的亨特·汤普森②在《惧恨拉斯维加斯》的第一页，把自己描写成一位嗑药酗酒、满脑迷幻的疯子，驾驶一辆租来的红色汽车横穿沙漠：

> 药性开始发作的时候，我们正在沙漠边缘的巴斯托一带。我依稀记得自己嘟哝着“我有点儿头晕眼花；要不你来开车……”我们周围突然响起一阵可怕的轰鸣，天空中布满了恍如巨大蝙蝠的东西，飞扑过来，发出尖叫，向我们的车子俯冲下来。这辆汽车正以一百英里的时速驶向拉

① 梅勒一生结婚六次，前五次都以离婚收场。1960年他刀刺第二任妻子，险些让她丧命，后获缓刑。——译者

② 亨特·汤普森（Hunter Thompson，1937—2005），“刚左新闻主义”的始作俑者，其自传性小说《惧恨拉斯维加斯》（1971）通过主人公及其“律师”来到拉斯维加斯、在嗑药的迷幻中追逐美国梦的历程，反思了1960年代的反主流文化运动。1998年被改编成同名电影。——译者

斯维加斯。“我的老天爷！这些该死的动物到底是什么玩意儿?”

接下来又安静了。我的律师把衬衣给脱了，把啤酒倒在胸口上，好让皮肤快点晒成古铜色。“你喊什么喊?”他咕哝着。“别管我说什么，”我说，“该你开了。”我踩了刹车，将红色大鲨鱼车停上了高速公路的路肩。没必要提这些蝙蝠，我想。这个倒霉的混蛋很快就会看到它们。

在汤普森笔下，夸张和幻想并未乔装为客观的事实，而描绘了一个迷幻中的“我”的内心世界。汤普森扩展了非虚构的界限，时不时地，把它们扩展到所能抵达的边界。

人 物

试图在一篇作品里刻画各种人物，创造出跃然纸上呼之欲出的幻觉，对于讲故事至关重要，并且高度依赖这门艺术的其他各种要素。标准术语“人物塑造”看来不免降低了这种重要和依赖。最好把这个词局限于作家敷衍塞责的努力。在小说和多种类型的非虚构中，这样的例子不胜枚举。略举一例，选自最近一个季度最受欢迎的政治题材畅销书《选情告急》[①]：

奥巴马的智囊团——大卫·阿克塞尔罗德，沮丧的首

① 约翰·黑尔曼和马克·霍尔柏林合著的《选情告急：奥巴马和克林顿夫妇、麦凯恩和巴林、一生难得一遇的大选角逐》（*Game Change*）出版于2010年初。2012年被改编成同名电视剧集，获四项艾美奖。——译者

席战略家和自封的“消息管理人”；大卫·普劳夫，神经绷得紧紧的竞选运动干事；罗伯特·吉布斯，体格结实、手腕高明、来自亚拉巴马的公关主任；斯蒂夫·希尔德布兰德，艾奥瓦州竞选运动基层活动背后著名的现场指挥员——天生就是一个自寻烦恼的竞选团队。

有些记者必须在话题失去时效前把书赶紧写出来，可能是没有时间比这做得更多，结果把人们速写成了玩偶或“动作性人物”，以便读者迅速而轻易地理解。摆弄粗线条的人物足够让一段叙事成型，并赋予其戏剧性动作，再加上信息，特别是内幕消息，刚好是很多读者期待或要求甚至是想要的。然而伟大的作家提醒我们：可以做得更多。略举一例，乔治·艾略特这样引介《米德尔马契》[①] 中的女主人公：

> 布鲁克小姐拥有的那种美丽，看来被寒酸的衣衫衬托得分外鲜明。她的手和手腕长得如此秀美，以至于她穿上长袖衣衫后的风采，丝毫不逊于意大利画家眼里的圣母马利亚。

小说第一段以这几句话开头。按照现代的标准，开头有点儿长，可是起到了一石数鸟的功效。到后来，布鲁克小姐简朴的着装不但反衬其外表的俊俏，还由此引出了她的家族历史、社会地位、居住地特点，以及最重要的，她的思想倾向和抱负，

① 英国女作家乔治·艾略特（George Eliot，1819—1880）的第七部长篇小说，1874 年出版。——译者

并暗示了这些思想倾向和抱负所担负的风险。我们得到一个承诺：跟着作品走，我们所获的远不止多萝西亚·布鲁克的未来命运这样一个简单的故事。魅力就在于她的双手和手腕，朴实无华的衣袖越发将它们衬托得美妙绝伦。小说给我们的材料，刚好够我们想象置身特定地点和处境的女主人公，同时足够让人浮想联翩，吸引我们继续跟随她的故事，就像无数前辈读者一样，欲罢不能。

不同于讲故事的其他要素，刻画人物的成败很大程度上取决于读者。目的是让人物离开纸页，进入读者的想象。当这种情况发生时，会让人身处异境。读者坐在自家的椅子上、床上、沙发上、客厅里和图书馆的小阅览室里，精神却行游到了某处，在那儿我们几乎忘记了自己是在阅读，而希望生活在主人公的世界里，或是对自己说："啊呀，天哪，那个人可不就是我吗!"在那儿我们跟书中的人物说"别！千万别这么做!"，就好像此刻他们真的就在身旁。

可能有人会说，在乔治·艾略特的时代，这种绝技要比今天更容易实现，因为现在，有许多讲故事的媒体会替我们想象。这些媒体也因此限制了众多的可能性——好书改编成好电影的例子很少，正是原因之一；阅读《白鲸记》时，我们心目中的亚哈船长很可能跟其他读者心目中的亚哈不太一样，肯定也跟格里高利·派克不一样[①]。提到在故事里创造对于人物的幻觉，小说家和非虚构作家仍负有独特而必要的任务——让读者发挥必不可少的想象。

---

①《白鲸记》被多次改编成影视作品，其中最著名的1956年电影版由约翰·休斯顿导演，格里高利·派克主演亚哈。——译者

一些普遍真理仍然适用。比如，一开始就把你对一个人物的全部所知一股脑儿倾泻纸上，肯定会失去读者。想象力丰富的读者想要的，是细节。人物形象可以在长篇的描写段落里渐次涌现，托尔斯泰就是一个范例。可是简洁同样能达到效果。格雷厄姆·格林往往只给我们一两个细节——一张“让留了三天的胡子烤得焦黑”的脸或是一双“没毛的粉红色膝盖”①；简·奥斯汀给我们的细节往往还要少，可是对于历代读者而言，这些作家创造的人物栩栩如生。

短小精悍也好，长篇大论也罢，仅仅诉诸描写，并不能使一座雕像富有生气。我们要的是精髓、本质，在或大或小的时刻将它编织进故事。一个人物长了一颗疣。你大可不厌其详地描写它，可是如果你描写的不是这颗疣，而是当人物紧张时如何去遮掩它，那么读者很可能会看得更清。

再举人物的年龄这件小事为例。用一个老掉牙的借口引出它是一个坏主意，绝对的坏主意：“她看上去比七十岁的实际年龄小了十岁。”你也不想像新闻报道那样，把年龄直接加在她的名字后面。相反，不要把一个人物的年龄视为一种不得不交代的义务，而应该把它想成一个可能意义非凡的事实。等到我们必须知道她的年龄才能理解故事中的事件的那一刻，再说出来。如果她的年龄对于叙事并不重要，那么，就在读者必须知道这个数字才能在头脑中想象这个女人模样的这一刻，悄悄透露给我们。

---

① 出自英国作家格雷厄姆·格林（Graham Green，1904—1991）的两部长篇小说。前者见于《权力与荣耀》(1940)，后者见于《命运的内核》(1948)。——译者

刻画人物的方法各色各样。有些人会主动通过言辞来表现自我。其他人可能说起来滔滔不绝，却没有透露多少信息。无论如何，勤勉的新闻报道工作所搜集的语录素材，一本书或是一篇文章根本就容纳不下。剪裁必不可少，更加微妙的是作者的匠心安排。一个好例子就是人物说话妙趣横生，以至于作家必须承认这一事实，比如 A・J・利布灵[①]对于好出风头的州长厄尔・朗的长篇传略《路易斯安那州的厄尔州长》。在文中的某处，利布灵记述了州长面向一群民众的竞选演讲，他提到一位政敌爱穿昂贵的西装，接下来又说他自己："要是一套 400 美元的西装套在老厄尔大叔身上，看上去就像是一只公鸡穿着短袜。"随之利布灵写道：

> 很难按时间顺序报道厄尔大叔的一场演讲，按照出场先后列举他的各种思想。这些思想在台上台下竞相追逐，恍如一幕莎士比亚打斗戏里的各色人物，充满了警报和突击。

作者也可以依靠其他人物替自己做出评论。利布灵花了前四章的大部分篇幅，叙述其他人物有关州长的轶事和看法。视角是一种让人物在我们的想象中具象的强大工具。在一篇手稿的结尾看似了无生气的人物，如果让读者通过另一种眼光或多种眼光来审视，有时就会重获生机，利布灵的书就是一个例子。在故事向前推移中遭遇的次要人物，可以作为审视主要人物的

① A・J・利布灵（A. J. Liebling，1904—1963），《纽约客》杰出记者。1961 年出版了厄尔・朗（1895—1960）的传略。——译者

透镜发挥作用。次要人物也可以起到衬托物的作用，即提供一种人的背景，使得我们将主要人物看得更加清楚。

一个次要人物也可能成为一个不利条件。有时候在一篇手稿中，一个次要人物过于生动立体，就有破坏叙事格局的危险。据说，莎士比亚就遇到过类似的问题。斯蒂芬·格林布兰特[①]在描写莎士比亚生平和时代的著作《俗世威尔》中写道："……根据一则17世纪广为流行的轶事，［莎士比亚］曾经就《罗密欧与朱丽叶》说过这样的话：他必须在第三幕干掉墨古修——那个无法无天的浪漫爱情嘲笑者——赶在墨古修干掉他之前。"很可能每一位严肃作家，无论是写非虚构还是小说，都有过这样的经验：一个次要人物变得如此鲜明生动，以至于看起来比故事里的主要人物更重要，至少更加有趣。比起很多类型的文弊，这种问题还算比较好办。这样的人物总是让作者很难割舍，可是其出现常常意味着问题确诊：要么你没有在主要人物身上下够工夫，要么那个次要人物应该升级为主要人物。如果是这样，也许你应该质问自己，是不是故事的视角或结构有什么不对劲的地方。

一些承担次要作用的次要人物，用E·M·福斯特的话来说，是"平面的"，只呈现单一的维度。在莎士比亚戏剧和包括众多人物的作品里，这种类型比比皆是。正是平面人物，部分造就了查尔斯·狄更斯的文采光华。在《我们共同的朋友》中，晚宴客人特温娄是平面性的极端例子，以类似一张餐桌而著称：

① 斯蒂芬·格林布兰特（Stephen Greenblatt，1943— ），哈佛大学文学教授，奠定了新历史主义文论，最流行的作品是2005年的传记《俗世威尔：莎士比亚新传》。——译者

> 一件头脑单纯的晚餐家具，安装着简单的脚轮，没人使用的时候，存放在圣詹姆斯教区公爵大街的一个马房院子里……这件物品的名字就是特温娄。身为史尼格斯沃斯勋爵的嫡亲表兄弟，他屡受征用，在众多府邸里可以说代表了常态下的餐桌。比如，维尼尔林夫妇在安排一次晚宴的时候，习惯从特温娄开始，然后在他身上放上活动桌面，或者加上客人。

无论是平面还是多维，次要还是核心，人物要存活，都离不开故事背景。背景可以是一个实际的地方，但意义远不止此。最重要的是，背景会告诉读者，问题的焦点究竟是什么——一个人物竭力做什么，一个人物害怕或竭力掩盖什么、希望获得或注定失去什么，一个人物面临什么样的困境。通过描绘这些情景和情感，你可以让读者投入想象力；如果有什么对作品里的这个人物很要紧，那么我们会想象它对我们也很要紧。

一篇关于心灵启示的叙事作品，有时候全篇的关键是作者寻求发现一个人物的真实身份。传记作品中暗含的挑战，在这些例子里变得显而易见。比如，在《乔・古尔德的秘密》[1] 里，我们伴随约瑟夫・米歇尔，逐步了解一位哈佛毕业、为人古怪的无业游民，最终发现支撑此人全部生活的痛苦谎言。A・J・利布灵的文艺随笔《寻找莫里》[2] 没有前者知名，却同样引人入

---

① *Joe Gould's Secret*，1965 年出版，传主是生活在纽约大都会的怪人作家乔・古尔德（Joe Gould，1889—1957），此君号称写了一本有史以来最长的书，名为《当代口述历史》。作者约瑟夫・米歇尔（Joseph Mitchell，1908—1996）发现这本书根本就不存在，古尔德其实患有写作障碍症。——译者

② 连载于《纽约客》1945 年 5 月 26 日和 6 月 2 日。——译者

胜。在文章的开头，利布灵扮演了从北非发回报道的战地记者的角色。他偶然遇到一位年轻美国士兵的尸体，从其他士兵那儿听闻了此人的多个故事：那个胆大妄为而又古里古怪的“莫里”，据说单枪匹马就俘虏了整个军团六百名意大利士兵。我们跟随利布灵回到纽约，伴随他进一步探寻莫里的某种或是多种身份。

非虚构中有许多生动传神的人物，不过小说人物的馆藏规模要大得多。非虚构作家在那儿花费有效的时间，试图弄清可以借鉴什么，以及同样重要的，不可以借鉴什么。

当阅读各种虚构和事实叙述时，我们通过人物的种种行为来想象他们：合乎人物性格的行为和不合乎人物性格的行为，在压力时刻、统治时刻、虚弱时刻的行为。对人物动机的暗示隐含在人物的行为中，可是很多读者想要更多。我们设想自己知道人物为什么如此行为，并对他们的行为感同身受。我们渴望理解故事中的人物超过了理解自己。当然，这是一种只有在小说中才有的幻觉。纪实故事的作者会受到写作对象愿意并能够吐露的内容的限制。

小说家告诉我们，有时候他们想象的人物似乎接管了叙事，在作品中成长和变化，获得了意想不到的品质，做出了意想不到的事情，就像活生生的人一样。小说家可以发明各种方法，从这种情形制造的问题中解脱出来；必要的话，他们可以在故事的中段干掉人物，正如莎士比亚对墨古修的处理。非虚构的叙事者却没有这种选择。

在非虚构中，事件和人物处于悖论关系。写一个遭遇事故的人和写那场事故有着本质的不同。事件就是事件。它发生了。

它是一种事实。至于遭遇事故的人，没有人确切了解他究竟是什么样的人，是什么动机和欲望的纠结将他引向了这一事件。然而，他，而不是事故，才是你的恒星。一旦你选定一个人来写，那个人就成了你想要解开的核心谜团，哪怕你知道自己永远也无法彻底解开这个谜团。

在搜集素材期间，你耗费所有的时间和才智来了解这个人物。最终，你捕捉到一种关于他的想象，从各个角度来看，这种想象以他的多样性为准。接下来，你试图在写作中重建那种想象，通过你看到他做的事、听到他说的话，以及别人议论他的话来表现他。你从笔记里的诸多候选材料中精挑细选，部分是因为它们本身看就很有趣、很生动，或者很好玩儿，可主要还是因为它们传达了你对那个人物的想象。当你遇到他的时候，有可能这个人把这场事故当成生命中最重要的一件事。可是如果这场事故没法提高、加深或者表达你对他的理解，你就不能凭空捏造另外一场更能揭示人物本质的事故，并让他置身其中。不过，你可以选择不写这场实际发生的事故。诚实的非虚构叙事者，就是一个受限的幻象师。

结　构

事物在时间中发生，时间对于讲故事至关重要。基德尔和我曾经定下一条规则：你可以打乱时间顺序，可是必须有一个很好的理由。有些定理虽然空洞，却能起到很好的作用，这就是其中之一，可以防止你刻意搅乱叙事时间；这一招对某些作家很有吸引力，可是当它被采用、却不能为故事服务时，会让读者觉得沮丧。

我们俩的这条规则在基德尔《劫后重生的力量》中遭受了考验。这本书讲述了一位名叫迭奥格雷希阿斯的男人从少年到中年的生涯，他来自中非国家布隆迪的东部。基本的故事中包含许多极具感染力的、至少表面上看来非常奇特的事件：迭奥两次徒步躲过大劫，第一次是布隆迪内战，接着是卢旺达种族大屠杀；在纽约城痛苦地重建自己的生活和精神状态（迭奥在中央公园睡了好几个月）；重拾学业（在哥伦比亚大学）；最终作为美国公民重返布隆迪，决心为重建母国做出贡献。

尽管事件都发生在过去，他的故事却曾被多家媒体广为报道。基德尔重游迭奥当年艰苦工作的现场，在纽约和波士顿和他共度时光，采访曾经帮助过他的人们，和他一起到布隆迪和卢旺达旅行。

这么多研究材料在手，该如何讲述迭奥的故事呢？这成了一个有关视角和时间的双重问题。我们的解决办法有两个部分。

基德尔的初稿大致遵循了时间顺序的规则。稿子中不乏一些精彩片段，整体上却不尽人意。按时间顺序叙述对读者要求甚高。具体来说，它要求读者端坐下来读一本书，书中讲述的是一段痛苦的童年，发生在一个大多数美国人从来也没有听说过的地方（这种无知并不是凭空想象——我也是通过迭奥，才知道还有布隆迪这么个地方）。另一种选择是以最富戏剧性的时刻，即迭奥逃过生死大劫的悲惨故事为开头，可是这样做犯了戏剧传统的大忌：起点太高。都到这一步了，接下来怎么写？再说，读者也不会有多少理由关心迭奥，因为他们还不曾在不那么极端的、更熟悉的环境里认识他。不过还有一种可能，就是严格遵守基德尔报道这个故事的顺序。这种选择很有诱惑力，却几乎总是一个错误。叙事者在关键时刻的在场，只可能起到削弱戏剧效果的作用。叙事者最终如何出场是一个有待解决的问题，可这显然不是叙事者的故事。

初稿提醒我们俩手里已经有了一本书，接下来要做的不过是修正问题。有了这颗定心丸，我们俩着手给故事一个新的结构。我们觉得，尽快让迭奥来纽约是一个好主意。可接下来，怎么把他弄回布隆迪呢？叙事者又应该在哪里呢？

这是缅因州海滨的一个夏日，天气和季节原该让人悠闲自在，我们却迫不及待想完成修改结构的任务。我们俩在基德尔农舍式别墅的门廊上默坐了一会儿。我自己在一个黄色便条本上草拟了一个计划。过了一会儿，基德尔说："好吧，我就写了这么多。"他把他的黄色便条本儿举了起来。我微笑着举起了自己的。我们俩的草图是一致的——四个箭头从左首的边缘发出，同从右首发出的四个箭头交织在一起。基德尔说："我们俩在这上头花的时间太长了。"

可是，一旦意识到了英雄所见略同，我们都很高兴。在书的第一部分，基德尔会创造两个互相交替的大事记，每一个都沿时间顺序向前推移。第一个会从迭奥离开布隆迪开始，带我们一同经历他的纽约岁月。第二个会叙述他在布隆迪的少年时期，以其九死一生逃脱战争和种族灭绝为极点。第二个大事记结束于第一个开始的地方，即结束于迭奥至今难忘的一句话。这句话出现于迭奥在纽约的重重苦难已被讲述之后，恰好起到令人啼笑皆非的反讽效果：美国驻布隆迪大使馆的领事官员把签证递给迭奥，说："祝你在纽约交好运。"还有其他一些改进手稿的想法在谈话时浮现在我们的脑海里。纽约部分越来越短，布隆迪部分越来越长。显然，叙事者的在场毫无用处：故事是通过迭奥的知觉以第三人称叙述的；也就是说，讲这个故事基本上采用基德尔的语言，可描绘的是迭奥的种种回忆。

我以为这本书可以就此结束。可是来自基德尔报道之旅的很多材料还没用到。这些旅行原本的目的，是理解和佐证迭奥的故事，收集第一手的细节。可结果却远远超越了视觉、声音和气味：这些细节生动描绘了在纽约救助迭奥的人们，以及基德尔在布隆迪旅行时的见闻。陪同迭奥重回当年的伤心地，基德尔也亲眼目睹了这里对他所产生的影响。基德尔拥有的特权有时令人心碎，即观察一个人如何处理难以控制的、折磨人的种种记忆。我们俩也想为这些经历，为基德尔的第一人称观察找到一种形式。我们决定，最好是用一篇序言来确立第一人称叙事者的事实。可是很多从迭奥的视角叙述的内容会对此造成干扰。如何重新回到第一人称叙事者？过了一阵子以后，看来除了大胆出格之外，这样做没有任何好处。

事实上，我们决定将这个故事叙述两遍。145 页后，读者遇到了第二部分，伴随着这句让人消除戒心的话，作者自序言后首次登台亮相："我第一次和迭奥见面是在波士顿，大概是在他逃离卢旺达和布隆迪十年后。"第一部分是透过迭奥的眼睛来讲述，第二部分则是透过作者的。这样做有多重好处。在手稿里成为障碍的很多东西——基德尔在报道过程中观察到的知识，那些并非源于迭奥的知识——现在变得有用起来。第二部分通过允许读者观看作者如何报道这个故事，消除了他们对故事可信性抱有的疑虑。最重要的是，用第一人称重述这个故事帮助读者看到（说实话也帮助作者和编辑意识到）这本书的主旨究竟是什么。这本书的主旨不只是非凡的韧性和勇气，还有记忆，以及心灵如何在毁灭性的经历后自我修复。这事儿经常在我们俩合作的岁月里发生。我认为，基德尔通过写作和改写来发现自己的故事，这一点大多数作家都比不上他。在这个例子中，找到故事的结构正是找到其主题的唯一手段。

所以，一个被讲了两遍的故事，先在临近尾声的时候开始，让两个大事记交织在一起，然后讲述第二遍，透过一双不同的眼睛，遵循一个新的大事记，重演了作者搜集素材的过程。这并不是可以想象得到的最简单的结构（也远远不是这本书开始时的结构）。尽管有上述种种，我们俩的规则依然适用。不要随便打乱时间顺序，除非有一个很好的理由。

——托德

故事结构的基本要素是比重和次序。处理比重是一门放大某些事物、同时缩小其他事物的艺术：这门艺术创造前景和背景；让读者感受到人物、事件和观念的相对重要性。这通常意味着，通过发现一个表面上微不足道、悉心审视下却意味深长的细节或时刻，颠覆人们正常的期待。

至于次序，它的基本原理就是时间。知道事件的实际发生时间对作家是有好处的。建构一个详细的时间表，对有些人来说，按照时间顺序写出手稿总是一个好主意。如果你知道故事里事件发生的实际顺序，以及所有细节在时间上的相互关系，就会避免混乱和误解，写作时带有一种掌控自如之感，这种感觉往往会巧妙地渗入字里行间。

要是你很想改动一个故事的时间顺序，知道它原本是怎样的就显得特别重要。对于作家而言，在实际的时间顺序和对它的刻意改动之间，产生了一种重要的张力。写作的时候，你应该能感受到那种拉扯。它向你提出挑战。你打算不按事件发生的实际顺序讲述故事里的某些部分，好显得颇具艺术性，仅仅是为了卖弄一番？或者说，你这么做自有道理，源于你对故事本身的探索？

严肃的叙事作品给我们提供了很好的理由来关怀人物的际遇。为什么这些事情会发生，特别是人物的动机，是比下一步会发生什么更高层次的问题，可是大多数故事如果缺乏时间顺序的话，就会推进乏力。在西方文学里按照时间顺序讲故事源远流长，其中包括一直延续到 20 世纪的所有经典叙事作品和绝大多数长篇小说。人们可能会说，直截了当地处理时间反映了一种对于世界的道德理解，而不是心理理解。在简・奥斯汀的作品里，人物自我定义，通过他们从一个当下到下一个当下、从一个事件到下一个事件的行为而受到评判。没有人告诉我们，达西先生追求伊丽莎白是因为在他八岁时发生了什么。相反，我们被要求相信，他具备一种本性，我们应该对这种本性的实质而不是来源更感兴趣。毕竟，这就是大多数人在大部分清醒时刻的精神状态。

即使在我们这个心理至上的时代，直截了当的结构也并不过时。罗恩・居斯金德的《灵魂深处的希望》戏剧化地讲述了一位名叫塞德里克・詹宁斯的年轻非裔美国人的生命历程。[①] 我

① *A Hope in the Unseen*，副标题《从华府贫民窟到常春藤名校的美国历险记》，是美国畅销书作家、普利策奖得主罗恩・居斯金德（Ron Suskind，1959— ）的第一本书（1998），问世后增进了美国人对于平权法案的反思，并以详尽的报道，让读者置身人物头脑中的新颖写法，丰富了传记文学的表现手段。——译者

们一开始遇见的他，是首府华盛顿贫民区一所高中的学生。詹宁斯有数学天赋，并且由于母亲对他的信任以及本人对于神的信仰和强烈的自尊心形成了一套行为准则。他下定决心要摆脱贫民窟，也确实令人难以思议地考上了布朗大学。在高中里他是一个异类，因为学习勤奋、志向远大以及一些人眼中的自高自大而备受嘲弄。布朗大学的生活对他来说也并不总是一帆风顺，在这里他成为另一种畸人：在一个基本由中产阶级非裔美国人组成的亚社会里，他一贫如洗；在一个推崇理性和微妙差异的学术世界里，他热情洋溢；在一群世俗主义者中，他笃信宗教。尽管如此，他最终还是找到了自己的位置，也找到了一条途径，既能适应环境，又能保持得以跻身这种环境的各种价值观，而后者正是本书的心理引擎。这本书对于作品结构的初学者大有意义，尽管包含了丰富的事件和细节，在形式上却简单到极致：按年代顺序直贯而下地安排材料，只是在补叙塞德里克的家族历史时，才绕了几段最短的弯路。

另一种类型的故事可能会抗拒用这种方式来讲述。假设当你开始理解自己的故事时，你意识到其最深邃的意义迷失在实际的年代顺序里，隐藏在事实中的真相取决于一个事件先于另一个被叙述，虽说实际的顺序刚好相反。这么做可以提高（而不是扭曲）读者对几个事件在时间中相继发生及其相对重要性的感知。你不必假装更改后的先后顺序是事实上的先后顺序。你找到一种方式，表明你已经改动了次序。一种古已有之的技巧就是“开门见山”①，即在某个时间点上叙事直接切入主题。

① in medias res，拉丁文。罗马诗人、批评家贺拉斯（公元前 65—公元前 8）在《诗艺》中最先使用这个术语。——译者

过后，你可以回过头来叙述之前发生的事件。在电影里，这成了一种本能反应式的策略，尽量让平淡无奇的情节看来多几分跌宕起伏。可是，这种技巧能用得更好。

麦克菲的《与荒原同行》[①] 是结构复杂性的一个范例。它就像一件做工精良的细木家具，考究而精妙，之所以精妙，部分是因为作品丝毫不会把读者的注意力引向结构本身。书出版于1970年代初，实质上就是戴维·布劳尔的长篇传略，此君当时是全美最负盛名和广受争议的环境保护主义者。故事被分成三个部分讲述，每个部分都是一场“遭遇战”，展示了布劳尔和他心目中代表环境破坏势力的几位人物之间的对抗或论争。

最后一部分主要是沿科罗拉多河而下的一次皮筏漂流。没人能设计出比这更完美的时空之旅，此处的环境正是当前争议的问题所在，即人类对水坝的使用，以及滥用（在布劳尔眼里）。这一部分并没有以布劳尔为开始，而是一开场就生动地描绘了他的死敌，弗洛伊德·多米尼，联邦垦务局局长，此君一生的核心事业就是建造大大小小的水坝。在一次访问多米尼临近尾声的时候，麦克菲向他提出了这么一个问题：“局长先生，要是戴维·布劳尔到科罗拉多河来乘橡皮筏子游河，你愿意一起去吗？”多米尼回答：“妈的，行，行。”

这是一种非凡的新闻写作技巧。在任何其他情况下，漂流之旅都不会发生。这是麦克菲刻意安排的，出于一名作家的目的。可是，一旦漂流启航，这事儿就显得极其自然，完全归功

① *Encounters with the Archdruid*，书名源于书中一位房地产开发商把环境保护主义者描述为现代祭司，说他们“崇拜树木，把活人祭献给这些树木”。见岳韦中译本，上海译文出版社，2015。——译者

于麦克菲的编导功力。

从这次探险，写作者能学到很多东西。其中的主要一点，就是麦克菲对时间的处理。叙述以现在时态开始：“130 英里界碑。这里的水流很平稳……”实践证明，现在时态对于许多作家来说太过方便。有些作家会用所谓煽情剧风格的现在时态来拼命吸引读者。“现在是凌晨 3 点，狼群正在嗥叫。”企图用这种方式来强占读者的注意力，往往会招致抗拒。我们会发现自己在想：“不对，现在实际上是 8 月一个下午的中段，我正坐在自家的后门廊上。你不如直截了当地讲故事好了。”

麦克菲颠倒了这一程式。漂流的行程不时被浓墨重彩的插曲打断，特别是同行者穿越激流的时候。换了其他作家，在这里肯定会采用现在时态：“波浪冲击着小船，岩石把我们抛入空中，浪花把我们打得透湿。”麦克菲用过去时态描写这些戏剧化的时刻，违反直觉，却产生了让激流看起来更加惊心动魄的效果：“我们忽上忽下，俯冲爬升。水花四溅，左右颠簸。筏子随水流扭曲变形。过滩时我们全部浑身湿透。可是现在，只不过五分钟，我们又干爽暖和，一如穿着刚从烘干机中出来的衣裤。”在叙述多米尼和布劳尔之间一些不可避免的争论时，他运用了同样的手法：“今晚的争议有关……”。

无论用过去时态还是现在时态，所有的故事都必须具备一种主导时间——可以说是故事的现在时态——主要事件都在其中发生。麦克菲为他的故事确立了一种坚实的时间感，通过带我们在皮筏上漂流一段距离，直至我们感受到时序和人物在时空中运动的魅力，我们可以想象那条河流，想象自己也在皮筏上凑热闹，不知道下一步会发生什么。接着，麦克菲自由自在地带我们离开河流，进入一次短途之旅，把我们引入了另一段时间，一段顺河漂流前的时间。

在某个时刻，对话的主题转向了河流的水位。水位受格伦峡谷大坝控制，水坝位于乘筏漂流的同行者上游。麦克菲暂离叙事核心，在描绘了一段视觉景象之后写道：

> 说起来难以置信，虽然河水是在峡谷中流淌，这些貌似天然的水其实都经过了处理。就像香肠的猪肉在香肠厂里加工成肉酱一样，河水也在上游水坝的幽暗管道中进行处理。

接下来，他告诉我们“几天前”，多米尼带他和布劳尔去参观了水坝。他将这次游览戏剧化，描绘了那个地方和两个主要人物的互动。这次短途之旅是在主要事件的中途细述另一事件，对于叙事起到了重要作用，这种作用证明背离严格的时间顺序是有道理的。这种偏离改变了文章的步调，丰富了它的肌理。它还吸引读者思考一个小事件背后的来龙去脉。

现在值得暂停一下，让我们看看麦克菲如何处理从河流到水坝的过渡。虽说文笔优美，但实现过渡的不是文章本身，而是对时机的把握。他等待一个合乎逻辑的时刻，此刻作为叙事者的他，很有可能记起了早前的那次旅程。这种背离出人意料，却是可喜的，甚至是必然的。如果故事构思巧妙，那么作家就能够从一个主题切换到另一个相当不同的主题，从一段时间切换到另一段时间，同时不会散发出随意任性或苦苦挣扎的味道。有时候我们可以让一个故事的两个部分简单地相邻并置，同时整个结构浑然一体，犹如一面傲立数个世纪、榫合处不见灰泥的新英格兰石墙。能够做到这一点的作家，在听到读者如是感想时会倍感欣慰：“换了我也能做到。看上去挺容易的。”

3 回忆录

1968年6月我被送上越南战场，当时我二十三岁，任陆军少尉。在一年的大部分时间里，理论上我指挥着一个八人小组，一个“支队”，执行通讯情报的内情任务。我和我的手下从来没有打过仗，只有一次遇到过炮火攻击——迫击炮弹落地后的距离，刚好够我们事后吹嘘一番。我理应感激自己摊上了这么一个安全无虞的任务，一定程度上我确实是这么想的。可是我也敏锐地意识到，自己待在大本营的战地生涯怎么也谈不上是英勇事迹。

回家后的头一年，我讲述了好几个故事，提到对战争的黑暗记忆。我还写了一部长篇小说，叫《艾弗利·菲尔兹》，故事里的一位年轻少尉和我自己非常相似，却拥有我不曾有过的各种戏剧性经历。没人愿意出版我的小说。接下来的十五年，我时断时续地回归越南题材。我写了两篇关于战争的奇幻短篇小说，还有一篇长文报道美国复员军人战后的苦痛，全都发表在《大西洋》上。最后，我动笔写作一本回忆录，内容是自己缺乏上述光环的真实经历。

我觉得这会成为一本很有意思的小书。至少，也能成为一本不同寻常的小书，一部关于非战斗人员战地经历的回忆录，这类来自越南的美国故事最普遍，却最少被报道。我会使用我保存至今或能找到的所有信件和文献，尽量准确地讲述这个故事。至于无从考证的其余部分，则会忠实于自己的回忆。

可是有一个问题。回忆让我难堪。它们并不恐怖，也不悲惨，可是当它们来临的时候，我只想把头埋进枕头里。现在，当我下定决心回忆往事，有越来越多的东西被回想起来。书写这些被记起的事件让我掉入一种模式，看似安全，实际上却是陷阱。我用来包裹有关先前自我的真实故事的，是更年长、更有智慧的自我的评论，包括断言我知道自己在这么做的评论。在自我谦逊的各种技艺中，这是最基本的。这就是故意等着别人来奉上恭维。这本书写得不好。放弃它的感觉很好，好到仅次于完成它。

我没有毁掉支离破碎的原稿。我把它放进一个文件夹，回过头去写其他的人物。一些年后，我把稿子拿出来，加工一下，又搁置起来。之后几年，我再一次做了同样的事情。直到将近十五年后，我才领悟到究竟是什么地方不对劲。我认为，这里有一个道德问题，以及一个技术问题。对于道德问题的解决办法，就是我花了很长时间才接受自己同那个妄自尊大的年轻少尉之间的亲密联系。很久以前，托德就向我建议过如何解决技术问题。

他的建议提得太早了，当时我还没办法接受。我刚刚完成了回忆录的部分初稿。我们俩面对面坐在一家饭店的火车座里。托德在翻阅稿子。当他给出评语的时候，我前倚在桌子上，记下他对手稿的意见——我仍然保留着这些笔记，我在手稿上倒着记下他的评论。他翻到某一页，在这里我引用了自己的长篇战争小说《艾弗利·菲尔兹》，这在我们之间产生了某种喜剧效果。读到对小说的标题人物即一位黑人步兵的描述时，他停顿下来："黑色的火焰、深粉红色的煤块是两片嘴唇，它们给闪闪发亮的牙齿加上边框，给各种声音以及它们分离之际急速冲过的气流加上形状。"

"我必须起立捍卫这些比喻！"托德说，他加了一句，"这部长篇小说有一个主题。那就是作者的万丈雄心。"

托德让自己尽情发出一种大笑，现在也依然如此。笑完，他用一根食指轻轻拂去眼里的泪水。当他这么做的时候，你知道他确实被逗乐了。"艾弗利·菲尔兹。"他说着，仿佛在吟诵一位已故朋友的名字。接下来他开始正经起来。

在初稿中，我轻蔑地描述了自己的长篇小说，唯恐读者对我现在的艺术品位产生片刻疑虑。托德告诉我："把小说演绎成喜剧。越浅显越好。"他还说，整个故事，"不要抱着成见去写"。也就是说，不要通过试图和年轻的少尉脱离关系，来告诉读者应该怎么阅读。重新占有他。或者，用托德那天晚上某个时刻的话来说："身临其境就行了。"

托德的建议，部分要求反讽。并不是没头没脑的玩笑或虚无主义一类的反讽。而是更古老意义上的反讽：言在此而意在彼，或是言此而不言彼。简而言之，反讽的定义就是言外之意。有时候它是喜剧的源头，在更宽广的意义上表达了生活中的不调和，即世界在我们身上和我们在自己身上玩弄的种种恶作剧。

在终于找到了对从军生涯种种回忆的一种宽容态度后，我觉得自己行为的种种愚笨、古怪和让人尴尬之处就算不加评论也显得一清二楚。我觉得应该放弃试图将这本回忆录定位于被回忆的自我和当下的自我之间。我应该停止假装现在的“我”不可能同当年的“我”发生任何联系，后者在写给家人的信里，竭力将自己描绘成粗犷威猛的男子汉，在战争中发现了自己的高贵本质——一手端着一支 M16 突击步枪，一手保护性地罩在一个越南男孩的肩膀上。

当我刚开始坐下来写回忆录的时候，就已经把名字给想好了：《我的支队》。十五年后，我感觉自己开始不再辜负这个书名。回忆录出版以后，来自那一年战地生涯的、突发而无意识的、令我反胃的种种回忆，再也没有光顾过我。此前，一年里大概总有那么一次，我会梦到自己收到了返回越南战场的命令。我再也没有做过这样的噩梦。

——基德尔

回忆录令人心驰神往。尽管这种文体至少可以回溯到圣奥古斯丁[①]，却对当代作家格外有诱惑力。关于隐私和体面的观念已经普遍发生了变化；即使在日常生活里，美国人看来也期望自己和他人能够越来越多地表露自我的本来面目。曾经认为有义务把自己的故事乔装成一篇影射小说的作者，现在感到自己可以不带伪装地跟读者说话，不但有权利这么做，而且还非得这么做不可。这么做，感觉更诚实。这么做，看似容易，至少在下笔前是这样，其实不然。

“你知道什么，就写什么”，作家被如是告诫，自然会得出结论说你最了解的莫过于你自己。实际上，你可能自我了解得

① 圣奥古斯丁（Saint Augustine，354—430），古罗马基督教神学家，他的《忏悔录》被称为西方历史上第一部“自传”。——译者

太深。诚实地说，我们把自己理解成充满矛盾的生物。许多个自我在内心互相竞争。怎么样才能尊重这一点，不至于让自己堕落到胡说八道或是瞎诌的水平和美联储主席旗鼓相当？怎么样才能统辖你内心的杂乱无序？找到可以代表你这个集合体的第一人称叙事者“我”，是回忆录作家面临的第一挑战。

后现代的智慧质疑自我的观念本身，包括任何形式的自我，这对作者没什么帮助。在回忆录《自觉意识》中，约翰·厄普代克写道：“那个被我们想象成在内心深处透明而纯粹的核心‘自我’也可能受到攻击，被解析为人类社会所赋予的一种构造物。”厄普代克抗拒这种观念，他的证据跨越了世俗和精神的广阔领域：既有持续一生的个人怪癖，也混杂着自我拥有灵魂的意识。在结尾处，他把无所不在而又无可争辩的自我，定义为“那扇世界之窗，关上它的想法让我们无法忍受”。

把自己写进作品，部分是自我发现，部分是自我创造。这一行为，犹如一位雕塑家捧着一团黏土。你用于写作的素材全都在这儿了，可是你知道，在这堆材料的某处有着一张脸。你用第一人称写了一段。你把这一段读了一遍。你和那个说着你笔下话语的人物相遇，仿佛是有生以来的第一次，可是那张脸看起来的确很熟悉。你想，这可不是我。听上去这家伙刻薄至极。你拔掉他的毒牙。啊呀，不好。这会儿他又在我们面前显得多愁善感。作家们无不希望自己的作品引人入胜，很容易为了吸引读者而牺牲诚信，可是作品的终极吸引力却在于恰如其分地描摹这张脸，而不是一味地美化它。

幸运的是，回忆录不必全面表现自我。可以将其局限于一段时间，一种关系，总体自我的一个侧面，或是一个故事。《尤利西斯·S·格兰特个人回忆录》[①] 就是一个经典范例。格兰特省略了一生中很多重要的事实：多次纵酒狂欢；如何神奇地崛起，从一个皮革店伙计成为统帅北军的一代伟人；灾难性的总统任期；耻辱和破产；他在写这本书的时候正处于喉癌的极大痛苦中，意识到自己大限将近。可是这本回忆录却是寥寥几本称得上有文学价值的总统自传之一，因为其清晰而富有戏剧性地记述了传主经历的历次南北战争战役。格兰特的传记作者之一埃德蒙·威尔逊[②]指出，这本书出人意料地始终让读者处于悬念当中，“焦灼不安地渴望知晓，南北战争究竟会迎来什么结果”。

据说，回忆录一度是格兰特之类的伟人或至少是名人的专属领域，对他们来说，自我表现是既成事实。如今，这一体裁对公众开放，对于之前无权调动读者想象力的作家们，大门是敞开的。时下新鲜出炉的回忆录层出不穷，让人觉得盛气凌人，甚至惊恐不安，这正是自恋主义广为传播的一种症候。可是，一方面这种文体的民主化造成了过度供给，另一方面也催生了一些杰作。它们经常会讲述格兰特等人没有讲述过的故事类型，至少在表面上，对自我的反思更为严苛。

忏悔作为一种重构自我的手法，可能对读者产生一种类似从锁眼里偷窥他人的诱惑力。也许每一篇回忆录都应该透露作者在日常生活中没有透露的一些秘事。可是忏悔有多重风险。

① 尤利西斯·S·格兰特（Ulysses S. Grant，1822—1885），美国南北战争时期北军总司令，第18任美国总统（1869—1877），其暮年出版的回忆录受到公众、军事历史学家和文学批评家一致赞赏。——译者

② 埃德蒙·威尔逊（Edmund Wilson，1895—1972），美国文学批评家和社会批评家，引文出自其著作《爱国者之血：美国内战文学研究》（1962）。——译者

详述自己的不端行为可能巧妙地隐含了某种自负，以及对此生多彩多姿的洋洋自得：啊呀，我是个不折不扣的坏女孩！到头来，人们表现出的自我概念可能过于狭隘。最近出版的一些（尽管不是所有）有关不良嗜好的故事就掉进了这种陷阱，让读者不禁想道："除了个个都贪恋杯中物以外，这些人总该有点儿别的什么出奇之处吧？"

对于所有的回忆录作家来说，如何传达对于过去经验的当下理解，是一个需要审慎处理的问题。在文字中创造一个自我时应该透露多少的问题，其实也是阐释和纯粹描写应该各占多少比例的根本性问题。什么时候应该对过去做出评价，什么时候只需如实描绘，让过去自我呈现？仅仅为了颂扬当下的自我就声明同过去脱离关系，可能对作者很有诱惑力。我那时真是个不折不扣的傻瓜！（可是现在我看穿了这一点，多聪明啊！）然而自始至终，读者都知道，从前的各个自我，并不是说抛就能抛开的。

自我探索，包括忏悔，几乎总会涉及其他人物。这些人物有的必然会被一部诚实的回忆录所激怒。可是优秀而诚实的回忆录既不是报仇雪耻，也不是自我辩护，既不是自我颂扬，也不是自我牺牲。它是对学习历程的记录。顾名思义，回忆录回顾过往。它们是对克尔恺郭尔[①]式两难"生活必须向前，可是理解生活必须回看"的一种回应。回忆录审视一段过往岁月，经验产生的知识给它带来了优势。《亨利·亚当斯的教育》是亨

① 克尔恺郭尔（Kierkegaard，1813—1855），丹麦哲学家，存在主义哲学之父。——译者

利·亚当斯[1]给自己回忆录拟定的完美书名。每一部值得阅读的回忆录都可以被称为《作者的教育》。这个“我”去过某个地方，懂得了以前不懂的一些东西，这一点对于作者和读者同样富有价值。

以下是行为检点的回忆录作家必须遵守的一些基本准则：

- 写困难。包括难写的事实。
- 严于律己，宽以待人。“推己及人”的黄金定律并不怎么适用于回忆录。无可避免地，你不会按照他人的意愿来刻画他们的形象。可是你至少得记住，这是一场受操纵的游戏：只有你在自发地参与。
- 努力接受这一事实，你和其他人一样，在某种程度上都可以被玩笑。
- 忠于事实。

忠于事实。这几个词端坐在那儿，天真质朴十足，仿佛忠于事实丝毫不比在红绿灯前停车来得更复杂。可是在回忆录里，事实往往处于争议之中，在某种意义上这种争议性远远超越了时不时让出版业名声扫地的欺诈性回忆录。

沃尔特·科恩[2]在回忆录《迷失于精英制》的作者按语里说：“我怀疑有很多处不准确的地方，但没有蓄意的欺骗。”大

① 亨利·亚当斯（Henry Adams，1838—1918），美国历史学家，两代亚当斯总统的后裔。其回忆录获1919年普利策奖（传记类）。——译者

② 沃尔特·科恩（Walter Kirn，1962— ），2009年出版回忆录《迷失于精英制：一个超等优秀生的不充分教育》。——译者

部分苦苦追求准确性的回忆录作家都会赞成一个大体的行为准则：将忠于事实定义为忠于自己的记忆。当然，这样做并没有完全解决争论中的问题。

正如回忆，写作自身故事的行为也难免会扭曲事实，不说别的，光是在混乱无序的地方创造出形式，这一点就无可避免。要理解你的生命或是部分生命的意义，就要讲述一个故事，这个故事常常同你经历过的风云变幻不相调和。这正是故事存在的一大要义：以意义替代迷惑。回忆录的推动力本身就是一种虚构的动力。

宏观世界里的真相也就是微观世界里的真相。在逐时逐刻表现过去的层次上，事实性的东西越发成为问题。人们可以看到，弗兰克·康罗伊[①]的回忆录《断拍》，作为该文体的一座现代里程碑，以一种美妙的形式演绎了这个问题。1967 年该书问世后，成为轰动文坛的重大新闻。原版的护封上只印了两条宣传语，一条来自威廉·斯泰伦[②]，另一条来自诺曼·梅勒，两位都跻身当时声誉最高的美国长篇小说家之列。《断拍》记述了作者在贫富两重天下成长的经历（康罗伊的母亲和富有的丈夫离婚，跟一个漂泊不定的浪子好上了）。它并不是第一部有关儿童时代的回忆录，可是清新生动，让人耳目一新。这本书谴责了一种因袭已久的观念：在作家敢写回忆录之前，应该早已功成名就。对于持有那种想法的人们，年轻的康罗伊（还有他同样

① 弗兰克·康罗伊（Frank Conroy，1936—2005），自 1987 年起长期主持艾奥瓦写作硕士项目（作家工作坊）。——译者

② 威廉·斯泰伦（William Styron，1925—2006），代表作有长篇小说《奈特·特纳自白录》（1967，获普利策奖）、《苏菲的选择》（1979，获国家图书奖）。——译者

年轻的信徒们）明确地说：你手里捧读的，正是我的成就。

细节的强度是《断拍》独有的特色，在任何一段里都能看到这一点。下面这个场景，背景是一栋贫瘠的棚屋，位于佛罗里达内陆一处破败的房地产开发区：

> 说时迟那时快，纱门打开了，罗林斯太太泼出一盆水。水花掠过半空，一头撞在被溢出窗外的灯光照亮的地面上。水花一着地，一千只微光闪烁的飞虫就从泥泞的沙地上跃起，瞬息间又坠落回去，恍如一条绿毯。

寥寥几句，就能让你意识到自己正在与一位优秀的作家为伍；当读到一连串这样的句子之后，你的欣赏之情就得以确证。你也可能发现，自己正在思考回忆的本质。写作这本书的时候，康罗伊正值而立之年，他以一种非凡的精确性回忆二十年前的往事，我们都知道人的头脑只有在极罕有的情况下才会这般精准。那条绿色飞虫组成的毛毯有着一种记忆上的执着，可罗林斯太太到底是在那一天还是另外一天泼的水？水是否刚好落在被溢出窗外的灯光照亮的地方？飞虫是在那天晚上还是某天下午出现的？读者们是否在意这些？这些细节无一关乎宏旨，可正是这些细节有助于说服我们相信这段经历的真实。简单点儿说，这才是阅读这本书的主要乐趣所在。

作者正是以这种方式来回忆《断拍》里的许多时刻，记忆和重新想象并行不悖。这是在写作过程中产生的种种回忆。它们不是欺骗。它们完全不是欺诈性回忆录里那些无中生有的事件，可它们也并不是确切可靠的事实。

回忆录作家在回忆往昔和戏剧化描写之间的连贯中运作。一旦作者决定重构某些场景，就已经跨越了一条底线，一些虚构必然随之发生。用“富于想象的回忆录”来称呼康罗伊的书和以它为代表的一类文体，可能非常确切。即便大多数回忆录不如《断拍》那般充满想象力，那般尽力将往昔时光戏剧化，也没有一本能够完全忠实于可认知的事实。

显然，指导新闻报道和回忆的规则必须有所不同。对于回忆而言，规则必须更加宽松。至于宽松到什么程度，取决于作家和作家手里的材料。有些作家在有些情形下，是严格的建构主义者。比如《骗子公爵》里的杰弗里·沃尔夫[1]，这本书精雕细琢，引人赞叹，而且妙趣横生。书里的两个主要人物是作者和他父亲，后者是一个骗子，或者用沃尔夫在第一章里对他的称呼，“一位忽悠艺术家”。一些读者不禁会想：是不是有其父必有其子？沃尔夫一定也想到了这一点。在非虚构文学里，事实的准确性通常是个隐含的有待争论的问题，沃尔夫却把它明确地表达出来。《骗子公爵》是以新闻报道方式写就的回忆录。沃尔夫采访了其他一些人，包括他的母亲，并把这些访谈纳入自己的故事，增加了自身回忆的复杂性，有时候还显得互相矛盾。他让读者看到他是怎么知道他自称知道的东西的。在运用人物对话时，他非常克制，这在同类作品中显得不同寻常。

许多回忆录作家会引用长达数页的人物对话，原话是几十年前说的，他们绝不可能一毫不差地记住整场对话。回忆录作家经常这么干，以至于只给读者留下两种选择：要么不再阅读

① 杰弗里·沃尔夫（Geoffrey Wolff，1937—　），1979 年出版《骗子公爵：回忆我的父亲》。——译者

大多数回忆录，要么接受记忆中的对话，把它当作这类文体固有的艺术特权，当作一种程式，就好像戏剧舞台背景里的人造天空，或是歌剧里的人物说着说着就放声歌唱起来。

玛丽·麦卡锡[①]在其经典的个人成长回忆录《回忆一个天主教徒的少女时代》中，恰好谈到了这个问题，为在当下写出引人入胜的回忆录，同时又忠实于过去，设计了一套异常清晰和详尽的规则。她告诉我们："引号意味着大概起到这一效果的对话确实发生过，但我不能保证毫厘不爽地照搬原话的用语或顺序。"她回顾了回忆录作家的两难，特别是当这位回忆录作家恰好也是一位长篇小说家的时候。"在写回忆录的过程中，我好多次希望自己在创作小说。虚构的诱惑力非常大，特别是在回忆很模糊的地方，我能记起一个事件的大概，却记不起各种细节，比如一件衣服的颜色，一条地毯的纹样，一幅画的位置。"可是，她抵御了这种诱惑。

当然，作家可能会过于坦然地承认回忆的脆弱性，可是这么做可以同读者产生一种诚意的互动；通过明确指认自己无法重构哪些往事（这是最起码应该做到的），也许还能实现更高层次的写作目标。玛丽·卡尔[②]在她的回忆录《照亮人生》中，相当详尽地描绘了一场夫妻吵架，可是接下来又评论说，再也无法在记忆中还原这场争吵的余波——重归于好："如果说我们以前谈论过那个晚上，可我现在记不起来了，这对我们俩都不公

① 玛丽·麦卡锡（Mary McCarthy，1912—1989），其回忆录出版于1957年。——译者

② 玛丽·卡尔（Mary Karr，1955— ），《照亮人生》（2009）是她的第三部畅销回忆录，写她嫁给了心目中的白马王子并生下可爱的儿子，却由于酗酒和癫狂导致婚姻破裂，濒临自杀边缘，最后通过信仰重获新生。——译者

平，因为没有显示我们的理性自我逐渐削弱了我们的恐惧自我……尖叫的吵架或不合平时性格的伤人气话永远持续，而日常生活的柔情蜜意如糖入水消溶无踪。”

一些作家会在写作中遭遇某种时刻，即经验中的“真相”既无法达到，又同事实有所抵触，抑或是事实本身就不够充分。也许这就是作者舍弃回忆录，转而写长篇小说的时刻。这事看来就发生在杰出的回忆录作家蒂姆·奥布莱恩[①]身上，可结果却不同寻常，因为事实拒绝被忽略。

也许没有哪位同代人可以比奥布莱恩更好地展示回忆和回忆录之间的张力，贯穿其大部分写作生涯的主题是他在越南当步兵的悲惨一年。在这段经历过后不久的 1975 年，他发表了战争回忆录《如果我死在战区》。批评家盛赞这本书的直观和坦诚。没有人对其真实性表达任何质疑，可是看来这本书却让奥布莱恩本人感到不满。

数年后，他出版了《士兵的重负》，取材于同样的经历，但被作者描述为一部“虚构作品”。如果你欣赏他的第一本书，那么说来也怪，《士兵的重负》尽管在艺术感染力上毫不逊色，却让读者感到困惑不安。这本书坚决主张它写的才是奥布莱恩参战的真正故事而不是先前的回忆录。“我想要你感受到我感受过的东西，”奥布莱恩写道，“我想要你知道为什么故事的真相有时候比实际发生的真相更加真实。”可以用一种直截了当的方式来理解这句话：只有通过升华现实，奥布莱恩才可能传达自身

---

① 蒂姆·奥布莱恩（Tim O'Brein，1946—　），1973 年出版《如果我死在战区：把我装在棺材盒里运回老家》；1990 年出版《士兵的重负》。见刘应诚、丁建新中译本，上海译文出版社，2010。——译者

感情的真实维度。可是事情远不止这么简单。这是一部坚决主张自身真实性的“虚构作品”。一开始，奥布莱恩就用真名指称自己，正如本书的献辞所提到的，他也用了一起服役的士兵们的真名（在回忆录里他们的名字被改动了）。在写了不止一个场景之后，他又否认了自己刚刚写下的篇章，置身事外地说道：不对，事情的经过不是那样的。以下才是事情经过的实况。

以“话说勇敢”这章为例，它讲述了一个名叫诺曼·鲍克的士兵的故事。我们看到战争结束后，鲍克的生活失去了目标，对战地经历的回忆不断侵扰着他，让他沉浸在眼看一位战友死去却无能为力的痛苦中难以自拔。战友的殒身场景怪诞滑稽——一处长年被雨季浸湿的野地被附近的村民用作户外厕所，所谓的“大便野地”。受伤的士兵半夜里淹死在泥浆和粪便之中。鲍克想要找人倾诉战场上发生的事儿，但同时又不相信有人会理解自己的故事。他想象自己说，要是救活了战友，他本可以获得银星勋章，可是明摆着，他是在掩盖自己的内疚，他真正想要讲述的故事，是他感到战友的死自己也脱不了干系。要是纯粹按照目前的描述解读，那么这一章可以作为一篇完美的短篇小说。可是，读者很快就会发现，按照目前的描述来解读显然行不通，因为奥布莱恩在随后一章“作者手记”中，对目前的描述进行了颠覆（也是增补）。他写道：“……我想要澄清一下，诺曼·鲍克绝对不需要为［那位阵亡士兵的］悲惨遭遇负任何责任。诺曼那天晚上也没有神经失调。他并没有吓得不能动弹，或是丢掉因为作战英勇而获得的银星勋章。故事的那个部分是我的亲身经历。”作者说：“对我来说，这是非常难以下笔的材料。”通过向读者展示自己如何想方设法回避这段经历，作品邀请读者感受作者蒂姆·奥布莱恩——一个有血有肉的活人，而不仅仅是书名页上的一个铅印名字——实实在在感受到的羞耻之情。

也许并非如此。人们可以合乎情理地争辩说，如果这是一本小说，那么书中的一切可能都是虚构的。剧作家走到台上，可他仍然是戏剧的一部分。我们可以假定，对于作者在真实生活中到底是什么样子，我们一无所知。若是真要这般巧辩，那么作品最本质的努力就会付诸东流；读者不会“感受到我当时的感受”。手法，而不是感情，将会成为故事的主题。这本书作为一个整体，抗拒这样一种读法。看来它希望表达在一场真实的战争里一个真实的蒂姆·奥布莱恩的真相。作品让我们感觉奇特——所谓的“虚构作品”才是真正的回忆录，不但忠于“情感”，而且忠于事实。或者说忠于奥布莱恩所理解的事实。

想要说出真相的欲望一直困扰着严肃的回忆录作家，按理也应该如此。可是还有超越真相的一步。对于作家来说，回忆录的终极回报是创作一部保存事实，同时转化经验的作品。

约翰·伯格①的《幸运者》是关于一位英国乡村医生职业生涯的沉思录。他在书中写道：“也许这正是自传真正的魅力所在：所有你当时无法控制的事件，现在终于由你说了算。”有希望控制过去的事件，对所有文类的作家都富有吸引力——这里，“控制”意味着创造形式，或在一个生命、一个心灵或整个世界中发现规律，并且就回忆录而言，寻找一条道路，得以穿越某

① 约翰·伯格（John Berger，1926—2017），英国小说家，布克奖得主。——译者

人过往的茫茫荒野。

有些回忆录迫切需要这种控制，一个典型的例子就是一位有着痛苦过去的年轻人，他有一个感人至深的故事，可是不确定是否应该讲出来。他名叫“太平洋”[1]，生长在一个内战频仍的非洲国家，父母是农夫和牧人，几乎目不识丁，却重视孩子的教育。“太平洋”上了小学，经常要冒着流弹的危险。他学得很好，考试成绩在全国都是顶尖的，这替他赢得了中学教育。接下来，在十九岁的时候，通过一系列不可思议的偶然事件和慈善法令，他被带到美国，在迪尔菲尔德学院[2]的私立中学待了一年。

刚到的时候，英语对他而言还很陌生（除了母语以外，他还能讲流利的法语）。他连一本小说或诗歌名作都没读过，可是在孩提时代，他就喜欢上长老们按照传统讲述的那些混杂了事实和虚构的故事，长老们总是声称这些故事全都是真实的，它们结构复杂，总是导向某种道德寓意。

长老们的故事中，一个频频出现的教训就是审慎的重要。“太平洋”来自一种尊崇缄默的文化，后天的训练让他不愿跟新同学们多讲自己的过去。此外，他还担心，要是美国同学和老师们得知其成长过程中的暴力环境，会对他产生畏惧。他们可能会觉得，近墨者黑。在学习了更多的英语以后，他开始记下一些亲身经历。当老师告诉他，他写的东西有些“十分接近发表水准”的时候，“太平洋”说他不过是希望借此提高自己的英语水平。将自己的故事公之于众的念头看来让他很害怕。他甚

① “太平洋”是本书两位作者的朋友；他要求我们提到他的时候用名不用姓。

② 位于美国马萨诸塞州迪尔菲尔德镇的著名寄宿制预科学校。——译者

至担心自己的故事不适合老师阅读，因为包含了这么多恐怖事件。老师试图让他安心，告诉他艺术有把苦难和不公正的经历转化为美好事物的伟大力量。这个观念深深打动了“太平洋”。

在他写的一个故事里——自拟的标题是《声音的颜色》——“太平洋”在开头写道，一个玻璃杯在迪尔菲尔德的餐厅里碎裂。这个声音触发了一段回忆。老家的村庄正在受到攻击，“这样的日子会让母亲感叹，早知道如此命苦，当初就不该把我们兄弟俩生下来”。他家的房子被烧掉了。他、母亲和哥哥整夜躲在山林里。清晨，站在一块开辟地附近，“太平洋”目睹了一个名叫帕特里克的年幼校友惨遭杀害。有个叛军士兵哄骗这个男孩靠近自己。士兵手里拿着一个玻璃杯。士兵故意让它掉在地上，玻璃杯碎了。“太平洋”解释说，在他们国家有一种迷信，如果你正在吃喝的东西掉了，那么你可以怪罪旁边的人想要吃喝你掉的东西。士兵责怪帕特里克想喝他的饮料，接着命令他把地上的玻璃碴捡起来，塞进自己嘴里。士兵强迫帕特里克咀嚼玻璃碴，接着向他的前额开枪。故事是这样结束的：

> 因为我看过了太多的屠杀，日后还会看到比这更加恐怖的，我以为自己会忘掉帕特里克的死，可是十一年后，当我来到迪尔菲尔德学院之后，帕特里克又回来了。在餐厅里，每当我听到一个玻璃杯打碎的声音，我想到的不是那个迷信。我想到的是帕特里克塞满了玻璃碴的嘴巴，看到他正试图咬下去。我的嘴里塞满了食物，却难以下咽，就好像嘴里的食物变成了一片片玻璃碴。
>
> 当我的同学们听到一个玻璃杯打碎的声音时，他们知

道是某人失手打碎了一个杯子，会嘲笑那个人笨手笨脚的。当我听到一个玻璃杯打碎的声音时，我不会笑。我会看到一抹血红。是帕特里克嘴里鲜血的颜色。一种没有人能看到的颜色。

在美国生活的第一年，不招自来的回忆对“太平洋”是个很严重的问题，他没法把那些可怕的东西逐出头脑，回忆可能在任何时间迸发。两年后，他感到某种重要的东西发生了变化。他说，在写作的时候，他发现了一种抵抗回忆的防御机制：“变化就是这么开始的。我写下一个故事，感到内心得以解脱。我可以控制这个故事。而在脑子里，我做不到。就好像只有动手去写，你才能控制它，把它变得美丽。所以，与其让故事任意支配你，不如由你去支配它。当故事作为回忆出现的时候，它在向你发号施令，在控制你。在写下那个故事以后，我会听到一个玻璃杯打碎的声音，却不会以同样的方式唤起回忆。我的意思是，我还会记得过去发生了什么，可是这件事再也不会和以前一样了。我会考虑对故事做些改动，让它变得更精彩。从那以后，如果有一个回忆把我唤醒，只要把它写下来，觉得可以把它转化为优美的文字，我就可以重新入睡。我的意思是，这就是我想要的。”

他没有把自己的故事给其他同学看。他还不急于将自己的过去公之于众，可是也不再害怕这么做。他害怕的是其他同学会告诉他这些故事写得不怎么样，因为他们的英语水平远超于他，他不得不相信他们的评价。大多数作家在面对批评时都很脆弱。很难想象还有哪位作家会比“太平洋”更加脆弱。写作对他而言是一种伟大的发现，一种抵御回忆入侵的机制，一种安心入眠的方法。可是当他写下包含昔日种种恐怖的故事后，他必须相信这些故事写得很精彩，或是可以不断改写，直至精彩。要不然，回忆会再次控制他。他说："要是写得不怎么样，就感觉往事会重新涌上心头。"

很多作家把回忆录说成一种手段，可以把经历"客观化"，在自我和自己的过去之间获取让事情变得清晰易懂的"距离"。可是当"太平洋"说到有能力支配自己的回忆时，确切地说，这并不是他的原意；这也不是回忆录最高级的功用。作家还可以用回忆录来接近过去。

对于那些突然间浮出水面的回忆，大多数人不过是不太愉快，"太平洋"却觉得毛骨悚然。它们是闪电，来自一场更大的暴风雨，变幻莫测，甚至毫无规律。如果你追根溯源，全面审视自己的回忆，就可以为记得的东西创造更加真实的版本。你竭尽心智把故事讲得兼具真实性和艺术性。如果成功，那么你就是用自具形体和意义的某样东西替代了回忆的碎片，它是一个独立的个体，具有自身固有的价值。过去成了一句断言，断言你的生活属于现在和未来。

拾起过去遗留下的混沌难辨的材料并赋予它们结构和形式，不仅可以抚平伤痛，还可以成为至乐的源泉。回忆录带来的快乐，就好比当一个木匠做好一张漂亮书桌时感受到的快乐。这张桌子同它所用的木料永远都不一样了。好的回忆录和它背后的种种回忆也不一样了，并不是背离，只是不一样；当然也和孕育回忆和回忆录的现实经历不一样。

4 随　笔

一天早上我一觉醒来，发现自己成了一位随笔作家。说实在的，这可不是我在心底为自己规划好的角色。我出过一本书《事物本身：探求真实性》，我把这本书设想成——哦，专题论文这个词肯定太重了点儿；沉思录呢？也许吧。可是说实话，我只是把它想成一本书。现在我发现它原来是一部随笔。实际上，一些评论家说它是随笔集。我构想用主题将这些文章联合在一起，写的时候也委实是这么做的。可是文章的题材从古董到气候变化，到电视新闻，到独角兽，不一而足。我不得不承认，自己煞费苦心地依次编排，读者却大可抛开这个次序，想怎么读就怎么读。

正如我的一位随笔作家朋友所指出的，作为一种文体，随笔的问题之一就在于每个人都写过一篇。大多数人活了一辈子从来没有写过一部长篇小说或是一首诗，可是很少有人连一篇随笔也没写过就从中学毕业。因此，它成了一种不怎么崇高的举动。可是另一方面，说来也怪，随笔是一种局外人的体裁。随笔往往带有批判性，什么东西都要颠覆一下，哪怕是最时新的墨镜款式也不放过。

在作家的大家族里，随笔作家扮演着小说家或非虚构叙事作家穷表亲的角色。不过随笔取得了非凡的成就，即充当各种观念的自然媒介。随笔创造了众多至理名言，构成了日常生活的精华，包括爱默生那句尽人皆知的名言："愚顽的一成不变是渺小心灵的魔祟。"[①] 这句学童们耳熟能详的名言，也可以作为随笔作家的一条金科玉律。随笔是适合表现内心分裂的一种文体。好几年前，我教过一门英语文学课。到了期中，学生们对于我已经摸得相当透彻。一天早上，我费劲搜寻着一个用语："And，and . . ." "And yet（可是……)?" 一个声音帮我说了出来。就在那时，我才意识到"可是……"已经成了我的口头禅，象征着我希望学生们在各个方面都能看到的各种矛盾，也象征着我自己头脑里的各种矛盾。随笔作家往往会同自己较劲。在其他写作中可能受到压制的内心对话，在这里找到了论坛。蒙田说过："要是我了解自己的心灵，就不会写随笔了，而是做决定。"他这是在赞美这种文体。

——托德

你有话想说，可是另一方面，一些纠缠任何作家的问题却常年困扰着你，这些问题有时于你有益，有时却是毁灭性的。我算老几，凭什么写这个？谁让我写的？以及所有问题里最残酷无情的一个：谁会把这当回事儿？

你在写下自己观点的同时，就把自己放在了某个位置，你可能觉得，这个位置在合法性上不如记者，甚至是回忆录作家所占据的地盘，因为他们是或理应是他们所写题材领域的权威。

① 爱默生（Emerson，1803—1882）的意思是，当一个人受社会影响形成固定的生活模式，就违犯了个体的本性。——译者

用一个通用术语描绘分享你智慧的种种努力：随笔。[1] 作为随笔作家，有时候你感觉自己像一个必须自搭舞台和讲台的演说家。随笔自赋权威。这种文体的困境在于此，愉悦也在于此。很可能没有人向你请教你的意见。可是如果你的观点很有新意，甚至会让某个重要人士——可能是一个审稿指定编辑——感到惊奇，并确实向你请教。

绝大多数优秀的随笔都超越了观念本身。“梭罗提倡散步，说我们需要花费更多时间与自然为伍”之类的注释，可能对于理解伟大的随笔作品《散步》没有多少帮助。这篇文章里所有包罗广泛的宣言，都是通过个人坚定信念的力量而永远活在读者心中。我们称之为个人随笔的作品，绝大多数都超出了逻辑和事实的限度，进入作者特有风格的主权范围。这并不是说随笔可以不合逻辑，但它们可以（一般说来也应该）超越逻辑，即由联想而不是严格的线性思维所支配。那些习惯于新闻主义种种限定和顾忌的作家，可能会发现自己写随笔束手束脚的，为投射在身上的自由而不自在。

从前的随笔大师们以多姿多彩的方式确立了当代随笔作家的种种权利。蒙田实质上创造了这种文体。爱默生和梭罗为美国定义了随笔，使其文化影响力达到空前绝后的鼎盛阶段。《瓦尔登湖》尽管是一本标准长度的书，本质上却只是一篇随笔，或者勉强算得上是一部随笔集（说勉强是因为它把各种观点松散地结合在一起）。在今天的课堂上，爱默生和梭罗作为超越世

---

[1] “随笔”的英文 essay 源于法文 essai（尝试），后者又出自拉丁语 exagium（称量），原意是“尝试（看金子是否足分量）”。——译者

俗者，以反对自己时代的物质主义而被世人铭记。可是在作品中，他们却是舞刀弄剑的游侠。梭罗可能是当今最负盛名的隐士，可是如果你在《散步》的开头倾听他的话，那可不是什么隐士的含蓄寡言：

> 我愿为“自然”、为绝对的“自由”和“野性”说句话，与它们形成鲜明对照的“自由”和“文化”不过是文明而已——把人视为“自然”的一位居住者或是一个组成部分，而不是人类社会的一名成员。我愿意发出一个极端的声明，如果这样做会起到振聋发聩的作用……

梭罗陶醉于汪洋恣肆和夸张。人们自掏腰包来倾听他大声阅读自己作品的腔调——尽管过着审美化的隐逸生活，他还是经常这么做。1851 年《散步》以演讲的形式首次亮相。这篇作品缀满了幽默和自嘲。他那动人心魄的滔滔雄辩看来极有可能受到了观众的认可，因为展示了高超的表演技巧，其引人入胜之处，不仅在于内容，也在于戏剧性的风格。梭罗从不吝于断言。意象和臆想在他笔下层出不穷：

> 印度人幻想陆地伏在一头大象背上，大象伏在一头乌龟背上……最近在亚洲发现了一具乌龟化石，大到足以支撑一头大象，在此说明一下不算跑题。

在梭罗的随笔里，“我”是衡量万事万物的准绳。它的一切经历无不可以付诸笔端；没有哪个题材因为太渺小而不值一顾，或因为太宏大而无以冥想。与之相比，爱默生的作品更加包罗万象、警句迭出，在描绘超验主义者的时候，他贡献的终极比喻恰好道出了随笔作家与世界的关系："我成了一颗透明的眼球。"[1]

是什么赋予你写作随笔的特权？唯一的答案就是一种观念的存在和将其内化的才能。人们把"个人化的随笔"说成是一种文体，可随笔都是个人化的。它们能发出囊括一切的宣告，可是仍然带有个体心灵的印记。独创的观点（一个时代因之而发生转移）少之又少。不是每个人都能写出《物种起源》。也不是每个人都能成为爱默生。可是独创和深刻并不是一回事。深刻的观点经得起一再重复或重新发现，而许多独创的观点却不尽然。随笔犹如诗歌，能以一种新鲜的方式面对古老的智慧。莎士比亚写过离别的苦乐参半，但并不妨碍埃米莉·狄金森也去写[2]。随笔阐明了一个真理：正如没有哪个词语有完全等义的同义词，也没有哪种观念能够被完全等同地转述。随笔的权威性往往来自一个特殊的敏锐头脑对于一般智慧的新鲜理解。不过，本文想要强调的要旨并不是脱离特殊而代之以一般，也不是把万事都转化成一个宏大的观念，而是悉心关注某种特性，把它升华为意味深长的东西。正如西奥多·阿多诺[3]所言：

---

① 出自爱默生名作《自然》(1836)。——译者

② 指莎士比亚悲剧《罗密欧与朱丽叶》的台词："离别是如此甜蜜的忧伤"；狄金森短诗《离别》的最后两句："离别是我们对天堂的所知，也是我们对地狱的所需。"——译者

③ 西奥多·阿多诺（Theodor Adorno，1903—1969），德国思想家，法兰克福学派成员之一。下列引文出自其文章《作为文体的随笔》（1958）。——译者

“……随笔所渴求的，并不是从瞬时中寻求并滤出永恒；它要实现的，毋宁是让瞬时成为永恒。”

对于作家来说，随笔提供了从“重要性”的专制下逃逸出来的一种手段。你无需打过仗，爬过山，受过总统的信任；你可以拥有最凡俗的经历，却创作出高于它们的东西。一些随笔证明，事实上你尽可以在微不足道的琐事上大做文章。比如，在弗吉尼亚·伍尔夫的《溜街》一文中，名义上的主题是作家在黄昏时的一桩差事，漫步到一家文具店找一支铅笔。散步变成了一个契机，可以思考独处的本质，思考自我在家中的巩固以对抗自我在城市里的消解。这一琐细的经历不断分叉，转化成别的什么。她记得自己站在文具店的门阶上，思考着：“进入一个新的场所总是一次奇遇，因为其中弥漫着屋主生活和性情的独特调性，我们一进来就体验到某种新奇的情感涟漪。”读者的目光适应了这种层次的升华。吸引我们进入完全属于自身特有的思想漫游，正是随笔的特质。伍尔夫的现代读者见惯了连锁店，可能会悬想昔日情景，当时的贸易世界多由她笔下的类似小店组成，进入一家商店意味着踏入他人的世界。

和往常一样，随笔作家和读者的关系取决于互相信任，可这是一种特殊的信任。在随笔中，对作者的信任和争议可以同时并存。在一篇论随笔的随笔《她：随笔作为一个温热躯体的肖像画》中，辛西雅·奥兹克[①]描述了自己阅读爱默生的体验：

爱默生主义，作为一种思想体系，可能并未说服我，

① 辛西雅·奥兹克（Cynthia Ozick，1928— ），犹太裔美国小说家和随笔作家。引文系作者为《1998 年美国最佳随笔》所写的导言。——译者

> 可是爱默生——他的声音，他的语言，他的音乐性——说服了我……我可能把灵魂的观念视为（或者弃若）一股温暖的蒸汽。可是爱默生如是论述灵魂："当它透过［人之］理智而呼吸，是为天才；当它透过［人之］意志而呼吸，是为美德；当它透过［人之］感情而流动，是为热爱。"①就在那一刻，哎呀呀，我入了迷；我着了魔；我心悦诚服。

你要求读者严肃认真地看待你，即使你的观点与其说令人信服，不如说发人深思，他们仍然尊重你坚定的信念。你渴求吸引读者，绝不逊于你渴求说服他们。你欢迎与读者的沉默对话，哪怕与你争辩也行。毕竟你也经常与自己争辩：信念在写作的过程中形成，随笔描摹了这个过程。人们常说："在听到自己说话之前，我怎么可能知道自己是什么意思？"可是这句话反过来说也是对的：在听到自己说话之前，我怎么可能知道自己不是这个意思？随笔让你质疑自己，甚至在读者面前反驳自己。自我怀疑在很多事业中是毁灭性的，却强化了随笔。

各种文艺作品体裁无不互相渗透，可随笔是其中界限最模糊的，它是如此变化多端，以至于勾画其轮廓的努力屡屡受挫。说到这种体裁，在美国，我们想到的是两位鼻祖，爱默生和梭罗，还有他们论"自然"和"自立"的精妙断言。一个半世纪后，我们有约翰·狄阿伽塔②编选的文集《下一篇美国随笔》。

---

① 出自爱默生名作《超灵》（1841）。

② 约翰·狄阿伽塔（John D'Agata，1975— ），美国随笔作家。《下一篇美国随笔》出版于2003年。——译者

其中收录的一篇作品通篇小写字母，没有标点符号（大卫·安廷[①]的宣言《后现代主义之理论与实践》）。另外一篇，是詹妮·波利[②]的《正文》，没有正文，通篇由脚注和空白页组成。

随笔和回忆录之间的界线尤其易于渗透。你可能转向随笔，作为对回忆录的一种逃避，之后随笔可能成为隐蔽的回忆录：你说了一些关于自己的话，同时以看上去引人入胜的方式对自己的经验进行归纳。乔治·奥威尔的《这样的，这样的乐趣》被收入其随笔集，可读上去却像一部回忆录，作者在他称之为克罗斯盖茨的英国寄宿学校度过了令人绝望的学童时代。奥威尔对简陋的晚餐、冷水浴和鞭挞的记述会让大多数读者痴迷。可是随笔作家内心却渴望发出声明。奥威尔把这篇作品扩大到有关童年本质的哲思范畴，与读者的亲身经历直接发生共鸣（普遍说来，令人的经历与奥威尔当年大不相同）：“回首自己的童年，思考你曾经相信的胡说八道和让你受苦的琐屑小事。”这一立场蕴含着某种振奋人心的精神，使得随笔超越了个人经验的独一无二，超越了“我多可怜啊”。对于记忆的变幻莫测，奥威尔提出了以下观点，令人耳目一新：“可是一个人的记忆在事隔多年后变得更加敏锐也是有可能的，因为此人带着新鲜的眼光来注视过去，注意到了之前了无差别地混杂在一堆其他事实里的事实，把它剥离出来。”在这个意义上，随笔作家就自身的权利提出了一种微妙的却比回忆录作家更加激烈的主张。奥威

① 大卫·安廷（David Antin，1932—2016），美国诗人、批评家，常即兴创作“脱口诗”。——译者

② 詹妮·波利（Jenny Boully，1976—　），作品混杂各种文体，被批评家誉为“挑战我们构建叙事和阅读文本的方式”。——译者

尔主张的，并不是重新创造过去，而是理解自己最深刻的记忆。他没有悲叹回忆的转瞬即逝。逝者不可追，留下的更可贵。摆脱了两瓣屁股的灼痛或饥肠辘辘是可喜的。存留下来的，是心灵更加明晰的洞察力。

“把自己作为历史”，随笔作家克里斯托弗·科奇诺斯忠告想要写回忆录的作家们。他的意思是，他们应该把自己的回忆录转化为随笔。在他看来，拘泥于传统的回忆录可能成为自造的牢狱，可是随笔通过将自身放置于时间、政治和观念的语境中，阐明了公共和私密两种主题。一个描述这类写作样式的术语突然出现，“辫状随笔”。它依赖刻意的巧妙并置。在《卡斯特罗的胡子》[①] 里，杰弗·波特将自己的童年时代和同时发生却处于他意识之外的冷战事件交织起来。一个段落记述了苏联舰艇载着导弹逼近古巴，紧接着一段毫无过渡地把我们带到一场世界少年棒球联盟的比赛：“在第三局的高潮，我被一个触身球击中了。”

在她的很多作品里，琼·狄迪恩[②]使用第一人称作为一把音叉，为一个时代的各种振动定音。她的散文《白色专辑》令人回想起 1960 年代的社会混乱，是用第一人称见证经验的完美范例。文中有一个段落的开头是一份精神病学报告：“一种不断恶化的人格，表现出防御机制减退、自我日益无力影响现实世界并克服正常压力的丰富症状，”狄迪恩突然闯入报告说道，“这

① 杰弗·波特（Jeff Porter）回忆录《奥本海默正盯着我》（2007）的第二章。——译者

② 琼·狄迪恩（Joan Didion，1934—　），以长篇小说和文学性新闻作品著称，主题是美国的道德崩解和文化混乱。《白色专辑》一文被收入同名随笔集（1979），书名暗指英国摇滚乐队“披头士”的第九张专辑（1968）。——译者

份报告所指的病人就是我自己。”接下来她承认自己罹患晕眩和恶心，然后说：“通过评论，我只是建议，如今在我看来，对于1968年的夏天，晕眩和恶心的侵袭并非是一种不合时宜的反应。”她进而开始探索已成为电影资料传奇的各种题材，譬如“曼森家族”带来的劫掠，[①] 黑豹党的兴亡，[②] 洛杉矶吸毒成瘾的音乐界。狄迪恩最有名的警句“我们给自己讲故事是为了活下去”是这篇随笔的开场白，而作品的主题刚好是这句话的反面。她告诉我们：叙事者无法理解环绕自身的疯狂世界。

随笔可以被当作回忆录来阅读，《白色专辑》是另一个范例。可是作者并没有寻求自我理解，读者也未必希望理解她。相反，她通过自己对时代的种种反应，试图捕获各种事件更广泛的真相。因为她自己轻微并审美化的精神错乱，有人可能会非难她参与了“模仿的谬误”：要描绘混乱的生活，就得用混乱的写法。可是作品本身并无混乱之处，鲜明生动而又审慎精确。混乱的感觉来自她使用自我作为周围环境的体现。赞成这种手法的人，会说它确实奏效；对于当年感知敏锐的那些人而言，它令人回想起当时文化的热病状态。反对这种手法的人，会说它上演的不是自私，而是我执，即把自身放置在宇宙中心。

可是，这样做正是追随随笔写作的伟大传统。在随笔中，作者站了出来。即使在第一人称并不出现的稀有情况下，一个

① 加州臭名昭著的连环杀人团伙，领导是查尔斯·曼森（1934—2017），最著名的牺牲者是大导演罗曼·波兰斯基怀孕的妻子、女演员莎伦·泰特（1943—1969）。——译者

② 1966年到1982年间活跃于美国的黑人革命社会主义组织，成为1960年代反主流文化的偶像。——译者

个体权威也被唤起，比如T·S·艾略特以文坛泰斗口吻写下的批评性随笔。以自我为世间万物之准绳，自有其道德风险，可是随笔作家至少需要有那么一丁点儿爱默生式的自信，对于有些作家来说，可能需要不止一点儿。

随笔作家看起来像是一个在浓烈的感情或独特的感受方面，有一点琐屑都要津津自夸的人。作家对于读者这种完整的权利要求就是以下准则的声明：我不过是对你的升华。

E·B·怀特实现了这一点。他的随笔，尽管植根于20世纪中期的美国，却成为超越时间盛传不衰的经典。他写给纽约的不朽情书发表于第二次世界大战刚刚结束以后，此时对于原子弹威力的认识改变了人们对于世间万物的观念。其随笔《这就是纽约》花费大部分篇幅唤起大都会的风情魅力。文章结尾处直接点明那种特质，并赋予新的不祥意蕴，在针对世贸中心的空袭发生后被证明其预见性：

> 大都会在其漫长的历史上第一次变得易于毁灭。单独一个飞行小队，规模不大于排成楔形的一队大雁，就可以迅速终结这支岛屿狂想曲……所有的城市居民都必须学会适应毁灭这个难以抹煞的事实；在纽约，这一事实多少更加集中，因为都会本身的高度集中，也因为在所有的目标当中，纽约显然具备某种优先性。在任何可能释放闪电的变态梦想家心中，纽约肯定持有一种经久不渝而又难以抗拒的魅力。

在随笔作家对于自我的运用上，怀特和狄迪恩可能分别代表了两种美妙的极端。阿图·葛文德在运用专家身份的自我方面，提供了一个同样美妙的范例。葛文德是外科医生和哈佛大学的医学教授，出版了好几本医学题材的随笔集。在《钟形曲线》中，他悉心思索大多数医生发现很难讨论的一个简单事实：他们中有一些人比其他人更优秀。葛文德说，这些差异可以量化，可以用一条钟形曲线来表现；他仔细考虑这对于病人和医生双方会有什么影响。尽管由于自己的职业身份，葛文德行文时明显带有某种含而不露的权威性（无疑还有特殊的权限），可是他从来不曾对读者摆出专家的架子。令人惊异的是，当援引自己的职业地位时，他谈论这条消息的口气，就好像自己尚未达到行业的最高标准：

> 要是我们……发现自己是最差的一位，答案就会很容易：我会上缴我的手术刀。可是，要是我的表现是B-，该怎么办？像我一样在一个挤满了外科医生的城市里工作，如何才能证明自己有资格对病人动刀？我可以这么对自己说：总得有人表现得中不溜秋。要是真的有钟形曲线，那么大多数医生都会表现一般也是现实的。成为他们当中的一员没什么好难为情的，不是吗？
>
> 话虽如此，当然还是会难为情。

《钟形曲线》对于它所提出的议题具有广泛价值，对于随笔作家来说同样意义重大。通过发现自己相对于题材的正确定位，葛文德实现了每一位作家都必须实现的目标。就他的情况而言，这意味着不必脱掉医生的白大褂，就可以超越“医学专家”的身份。随笔使得你可以说出也必须说出某些东西，这超出了专业履历让你有资格说的话。

幽默是随笔的写作风格之一。在运用这种风格时，随笔间或会违反非虚构文学的基本规则。机智授予作家小说化的自由。伊恩·弗雷泽创作过出类拔萃的报告文学，可他也是一位才华横溢的社会讽刺家。比如，在《多谢记忆》中，他假扮鲍勃·霍普，滑稽地模仿这位喜剧演员插科打诨的公开言论，回忆一场高尔夫锦标赛："收益超过5亿美元，只给我。这是有史以来数额最大的奖金之一。"

幽默诙谐的随笔经常拿自己寻开心，一旦你开始嘲弄自己，读者就不太会质疑你运用夸张的权利。大卫·希德利斯（David Sedaris），当代最出名的幽默随笔大师，以《圣诞老人乐园日记》在文坛一鸣惊人。这篇随笔描绘了他在纽约梅西百货扮演圣诞老人的精灵的工作经历。这篇文章串联起来的，不仅是一个高度商业化的圣诞节日，还有一些傲慢无礼的母亲和让人难以忍受的孩子。当希德利斯说他告诉一个调皮捣蛋的小鬼，圣诞老人会去他家偷走电视和所有的家庭用品时，他有没有夸大其词？多半如此，可是支撑这篇文章的基点就是作者所演角色的荒诞性，而这种关于角色的基本事实我们认为是真的。这是一种巧妙的平衡。如果他"全篇都是无中生有"，就不会让读者觉得这么好笑。你必须知道作品笑中有泪。承认自己被雇用扮演过小精灵需要勇气。如果你这么做了，那么可能你写了以下一个类似的场面，也会得到读者的谅解。希德利斯声称自己使用手语，用清晰响亮的声音告诉一个聋孩子："圣诞老人的脑袋里长了个橄榄大小的肿瘤。也许明天它会消失，不过我可不这么认为。”

随笔变化繁多，你可以从实践者那里学到点什么呢？对于一种如此依赖于勇气和沉着、依赖于有些别具一格的话要讲的文体，不可能有很多普适的教训。每一位随笔作家都会处理同样的元素——自我、经验和观念——可是每个人处理的方式各不相同。优秀的随笔作家在发挥自身坚定信念的威力时，无不才华横溢、信心十足，这些信念在作品里得到了高度详尽的说明。

爱德华·霍格兰[①]尽管也用其他文体写作，但主要因随笔而闻名。1970年代是政治上的多事之秋，霍格兰在这个年代写下了《关于母牛和柬埔寨》，一开头就把他自己和当时的重大历史事件联结在一起：

> 在入侵柬埔寨期间——如果给美国最近的新举措做摘要，那么这一事件可能占不了多少篇幅，可是对我们当中的许多人，这在当时却犹如压垮骆驼的最后一根稻草——我逃入了丛林。在主张人人平等的半个世纪里，我们努力用作人生指南的古谚“我亦人也，凡人之事，焉能与我无涉！”[②] 已经成了一条普遍真理，结果让我疲惫不堪。我是大屠杀的受难者，执行大屠杀的士兵，街头所有浓妆艳抹

① 爱德华·霍格兰（Edward Hoagland，1932—　），以自然和旅行题材的作品著称。——译者

② 出自罗马共和国时期喜剧作家泰伦提乌斯的剧作《自我折磨者》。——译者

的易装王后[1]和极度兴奋的潮客[2]。

没有人会准许你这么写。这就好比咬一口苹果，吃下去的是整个世界。放手去写。侥幸成功。很快经验让你有资格再一次这么做。

① 易装王后指着装和举止刻意饰演女性的男性，通常夸大某种性别特征（比如化妆和眼影）以达到娱人效果。——译者

② 潮客（hipster）是美国1940年代兴起的反主流的亚文化。随着1960年代越战爆发，此时的潮客开始着重批判主流的战争强权文化，主张用爱与和平来改变世界。——译者

5 超越准确

事 实

有些作者承认，在被描述为非虚构文学的叙事中，对事实进行了改动。在《记一座山》的一条尾注里，约翰·狄阿伽塔写道：

> 尽管这篇随笔的叙事暗示故事发生在一个夏天，实际上我来拉斯维加斯和最后离开之间的时间跨度却比这长多了。我用这种方式合并时间，只是为了营造戏剧效果，但会在下文中一一指出这种情况。我会间或改动写作对象的名字，或是把多个对象归并成一个合成的“人物”。这样的情况我也逐一作了注明。

这是怎么回事儿？在我们快把一个非虚构故事看完的时候，作者告诉我们：刚刚读过的东西，在准确性上几乎没有一处是可靠的。这样做可以被称作一种文学试验，没人愿意将试验一棍子打死。可是作家们可以细想一下，当他们抛弃事实的时候，究竟放弃了什么？

有时候，法律和道德约束迫使非虚构文学的故事讲述人更换某个人物的姓名，或通过其他方式隐瞒某个人物的身份。大多数读者会接受这类改动，特别是作者一开始就对此做出了声明。虽然无意改动任何东西，作风严谨的采访记者有时候也会弄错事实。这类事实偏差在性质上不同于作者为了一己之便，比如为了让故事更有条理或更具戏剧性，而故意做出的改动。一位文学批评家完全有理由质问：难道这位作家只会走捷径，以绕过令人失望的现实？要通过可以认识的事物来吸引世人；要在实际的而不是合成的个体中，真实的而不是虚构的事件内，清晰地表达潜伏在事实深处的戏剧性，当然还有真相；要在坚持事实的同时发现一个好故事，并精彩地讲述它——对于很多非虚构文学的作家来说，以上是摆在这种文体面前的根本挑战和机遇。本着这种精神，明确“非虚构的”时间，并不意味着作者在讲述一个故事中的各种事件时，必须遵循实际发生的次序，或是绝不可以将全然不同时期的事件排列组合在一起。但它确实意味着不要用编造的日期来代替真的日期。

虚构的一大危险，就是作家和读者双方都会失去信任感。当作家不再信赖自己的故事时，读者往往会感觉到这一点。作为作家的你，为了解决自身的问题，可能在事实发生后告诉读者：“事情并未确实如我所说的那样发生，可是那样难道不是很美妙吗？”然而，这样一种坦白很可能会让读者感觉受到了愚弄。如果阅读一篇非虚构作品，大多数读者确实在较大程度上期待，作者最起码会努力忠实于可以认识的事实。如果你违背了这种期待，那就创造了一套完全不同的期待。如果你放弃了准确性的目标，就不但接受了虚构的自由，也接受了虚构的义务。你邀请读者以虚构小说的标准来评判你的整个故事。约翰·麦克菲曾经从反面论述这种情形：“在小说中廉价而俗气的东西，在非虚构文学里却显得十分美好，因为它们是真实的。这就是为什么你应该小心翼翼地不要缩减它，因为你的工作就是把它的根本威力发挥出来。你要安排它，表现它。这个过程涉及很多技巧。可是你不能无中生有。”

为了立论起见，权且假定事实的准确对于非虚构叙事作家是一个很有价值的目标。这一任务非同小可。要是你考虑一下情况，就会发现完全准确显然是做不到的。每个故事都有一段历史，参与者和目击者的记忆各不相同——这是在他们仍然健在、愿意开口、尚未串通一气捏造一个净化版本的前提下。至于那些亲眼目睹的事件，你能更容易地理清自己的知觉，可它们也必定是不完整的。

试图留意一切事物是一个不可能实现但却很有助益的目标，当然它并不意味着把一切都记录下来。如果你长期从事新闻报道，日复一日、月复一月地听同一群人说话，那么提要笔记和口述录音留下的东西，大致相当于博尔赫斯想象中的地图：一张世界地图，精确得分毫不差，世界有多大，它就有多大。

你只能尽力为之。为了重构一个故事，你追求准确性，让不同采访对象的记忆互相验证，追索你知道存在于某处的记录资料。当你目睹一个故事或故事的一部分时，把自己的知觉尽量诚实而准确地记录下来。

超越事实

一个寓言。

在我是个小男孩的时候，人们看待儿童的方式跟现在很不一样。很多时候，人们根本就不把儿童太当回事儿。我们是大人生活的附带事件。我确信他们爱我们，可是他们不会把这个挂在嘴上。在那个年代，人们一般把“爱”这个词留给广播电台播放的音乐。这种情形有利的一面就是，大人会准许小孩子看很多东西，特别是我们闷声不响的话。比如，德高望重的长者对于大人把小孩带进酒吧满不在乎。因此，我发现自己四五岁的时候，不止一次坐在爷爷身旁的一只高脚凳上，我喝我的姜汁汽水，他喝他的“一两盅”。在我的记忆里，酒吧的墙上安着一只麋鹿的头。我可能问过爷爷麋鹿头是怎么来的，也可能他确实把跟我讲这个故事当作己任。这是个相当悲惨的故事，他说。一天，可怜的麋鹿一头撞到墙上，他们就把它一直留在了那儿。“它身体的剩余部分从墙背后伸出来，”他说，“等有一天我们绕到后面去看看。”

在我看来，这个小故事表明了小说和非虚构文学之间的差别，我的意思并不是说爷爷说谎，虽说你可能会这么想。将酒吧想象成一本书。在一部长篇小说中，安装在墙上的麋鹿头就是一切。可是在非虚构文学里，身体的剩余部分真的挂在墙的另一面。

——托德

非虚构文学家描绘真人实事。可是无论如何忠于事实，你写的作品和你写的题材永远不可能外延相同。难免要删去一些东西。有人说，小说家也会删减东西。可是当读者想象没有被说出的东西时，事实却是，如果不是在小说里，它们根本就不存在。当你看完一部长篇小说，不禁想知道人物接下来会发生什么，这是一种令人愉快的幻想。可是你知道接下来什么事也不会发生。书写完了，人物也随之结束了。他们可能会永远活在读者的想象中，可是在小说之外却没有生命。在非虚构文学中，人物有自己真实的生命。通常，书写完以后，这些生命还要延续下去。这些人在成为“人物”之前都活得好好的。他们有种种行动、意图和感情，一部作品难以尽述。

上述一切是显而易见的。尽管如此，有些非虚构作家还是会忽略，不顾及这么做的严重危险。道德的复杂性是非虚构事业的核心所在，这就是一大来源。

人们还会遇到一些新闻界的从业人员谈论客观性，他们在新闻编辑室工作，或许还是福克斯电视网①。这些人不会造成什么危害。他们不是不真诚，就是不聪明，无论哪一种情况，都不会造成什么威胁。我们知道作家一旦开始讲述一个故事，就会形塑那段经验，写出来的故事充其量也不过是现实的局部版本，所以客观性是一个神话。更令人担忧的其实是这帮人：他们想要贯彻立论的另一条路线，“一切都是主观的”。这个嘛，一旦你越过了最起码的事实，当然一切都是主观的。假设有一个不可改变的事实，一具尸体横躺在地板上，脑袋上有个明显的伤口。可是你一旦把这具尸体称为受害者，就开始讲起了故事；如果你进一步说这是“一场无意义犯罪的受害者”，那么就是在创造情节。所以没错儿，差不多一切都是主观的。可是特别热衷这一观念的人，通常还有其他的隐秘动机。这种想法距

① 尽管自我标榜客观公正，福克斯被公认为政治立场偏右，倾向保守的共和党。——译者

离以下观念不过数步之遥：一切见解都有同等的价值；因为真相是多面的，如果你把它切割得足够细小，那么真相也确实是无穷尽的，所以一切真相都同样宝贵，也同样可疑。“如果它对你来说是真实的，那么它就是真实的”——这正是后现代虚无主义的全部困境。对一些人来说，主观性是解除限制的一剂灵丹妙药，把他们从责任里解脱出来。

可是，如果理解正确的话，主观性无非就是思想的别名。主观性不过是承认在事实和真相之间存在一个介质。那个介质不是别人，正是作为作家的你。承认主观性并没有把你从任何东西里解脱出来。相反，它让你必须探索事实，尽你所能发现真相，在散文中找到表现那一真相的方式——你在寻找这种方式的过程中，知道自己不可能包罗无遗，每一次收纳都意味着无数的排除，必须力求不歪曲那些彼此争夺你关注的事实和真相。

越是给人物做传略的高手，这个过程就越危险。假如你给一家报纸的星期六版写一篇专题报道，引述某人说了点有损其形象的话，那么读者知道，你呈现给他们的并非是此人的全貌。可是如果你用一本书或是一篇详尽而精妙的杂志文章来侧写一个人，那么你会希望读者充分调动想象来阅读你的作品，你提到的每个细节都会产生某种共鸣，令人联想到没有被写下来的东西。越是此中高手，读者就越容易忘记你笔下的人物还有另一种生命。说实在的，你多半巴不得读者忘记才好。你力求给读者营造一个真实的人的幻觉，必须确保这种幻觉忠实于你所理解的真相。

要做到这一点会把你引到特殊的情形里，甚至可能让你同某些事实发生冲突。显然，事实的数量总是超过作品的容量，你必须对它们精挑细选。而且，你必须记住，写作和阅读不同于经验，头脑有能力吸收，排序，同时看见和看不见，这是一种散文力求模仿却徒劳无功的能力。头脑能够容纳自相矛盾，一个故事却不可以。有时候通往真相的唯一路线——再现你如何感知自己目睹的事件的真实性质——必须绕过故事中歪曲整体的那一部分。

> 基德尔《学童中》一书的核心人物是教师克丽丝婷·赛捷克。真人真名。基德尔发来的电讯暗示，这个采访立项并不总是让人兴致盎然。可能很多天过去了，没有任何戏剧性的事件发生。这是一个没有新闻性的故事。可它仍然是一个故事，它的多重意义缓慢而平静地增生。接着，有一天发生了某件富有戏剧性的事情，在当时看来肯定会被写进书里。情况大致是这样的：赛捷克太太本来很会管理课堂，并且为人和蔼可亲，可是在那一刻却发了火。班上一个问题学生的妈妈再一次约好同她见面，却没有露面。赛捷克太太跟学生说了这件事，当着全班的面。事后，她完全被自己的行为给吓呆了。要是你当时在场，这事会成为你当晚也许是接下来好几天的谈资。基德尔当然把这个场景写了下来。可是在作品成型的过程中，这个场景与全书越来越不协调。要是你当时在教室里，你会把老师之所以做事欠妥放在全年的处境中考虑。可是在这本书里，它显得不合比例地重要。你可以设法向读者作出解释，可是没有任何解释能够复制我们同时牢记和忘却反常信息的心

理过程。这样做有一个很好的理由：不管这种意识多么模糊，读者都会知道作者在做出选择，并且感到如果某样东西出现在书中，肯定不会是无缘无故的。无论怎么处置这个场景，它都显得太过突出——写作和经验之间的区别再次展现。我们俩有时候会想："要是能够把一切都写下来就好了。"可是如果你能把一切都写下来，一切就会变得既多余又不足。最终，我们意识到了这个问题："真的需要这个场景吗？"结果它被砍掉了，我们俩毫不后悔。

可是故事还没有完。基德尔的新闻调查积累了大量的笔记，多到让人受不了，看起来仿佛是对他在课堂里度过的一百七十八天的逐字记录。书的第一稿摞起来有一千两百页。原稿的三分之二都被删去了。可是有一个场景却被放大。它被埋在原稿里，只是在经过重新思考后才显得意味深长，最后成为一个关键时刻。它发生在名为"科学成果展览会"的一节中，描写一年一度学校的各个班级聚到一起，学生们展示自己的科技成果，这些成果阐明了这样或那样的科学原理。一开始，将这个场景作为喜剧性插曲的想法很诱人，因为其中饱含了滑稽可笑的地方。比如，有一个女生小组的成果是"食品"，她们为此展示了"一盒燕麦片，一个汉堡包，一块白面包，一纸盒牛奶，两个土豆，一个正在烂掉的卷心莴苣的残余"。整个一节一度是被删除的候选对象。可是其中有一个情节不断困扰着我们。一个名叫罗伯特的男孩顽劣成性，整整一年不停地违反纪律，这一回又逃学不来科学成果展览会。赛捷克太太怒气冲冲地出去找他。结果所撞见的一幕让她突然停了下来，正是在这一刻，她开始不得不直面自身作为教师的缺点，以及她的学生所面临的困境：

她注视着他的桌子，然后她的下巴不再紧绷。她让肩膀松弛下来，她的脸变得和罗伯特的脸一样通红。

在罗伯特的桌子上，她看到了一块两英寸宽六英寸高被风雨侵蚀的废料，两头切得参差不齐。在每一条更长的棱边上都装着一节手电筒电池，由一大堆歪歪扭扭的钉子不太牢靠地固定在板子上。一团电线，缠绕在其他钉子上，盖住了板子的表面。有人试着把电线的两头用胶带粘在两节电池和一个小灯泡上。灯泡的一根灯丝断了。一把铁锤和一些特大号的钉子搁在罗伯特的桌子上，在他的科学成果旁。他试过做一个电灯。突然间，这似乎是一件极难做到的事情。

克丽丝婷注视着这个成果，她一下子看到了一个崭新的罗伯特，和她就在一分钟前还自以为很了解的罗伯特有点不一样。一年来，她一直试图让罗伯特冒点儿险，付出点努力。现在他的确这么做了。他尝试过，并且真诚地失败了。她给他的奖励却是羞辱。

这是经过高度艺术加工的经验。事实微不足道：可怜的成果，涨红的脸颊，肢体的语言。很大一部分事实是属于情感和内心世界的。它们当然不是想象，而来自事后对老师的采访。

所以我们有一段对于现实的记述，删掉了乍一看似乎是这一年里较惹人注目的一个事件，删得一干二净。相反，我们不厌其详地描绘大多数人都会礼貌地把视线移开然后迅速忘掉的一段情节。有趣的是，关于说话欠妥的第一段情节对摄像机有着不可抗拒的魅力，而第二段情节却很难拍成电影，至少在纪录片里是这样的。用对话描述它会很难。可是我认为，事实证明这个事件适合用文字来表达。

事实和真相：它们不仅不是同义词，而且通常没太大的相互关系。尽管我们必须在事实里发现真相，但有些事实有时候却会遮蔽真相。有时候写作的基本功用，是让某些事物变小而另一些变大，包括让某些遁形。

——托德

非虚构作家面对的世界，并非是一个工具箱，里面装满了无尽趣味的零件，等着被装配起来，也并非满园等着被采摘和插瓶的花朵。如果真是那样，生活依然复杂，当然实际情况并不是那样。作家是世界的一部分，融入世界，影响它，也受它影响。具体说来，非虚构作家同作为其写作对象的人们进入了一种关系——在回忆录作家那里，两者已经进入了这种关系，现在想要利用这些关系实现某些目的，然而这些目的未必符合每位相关人士的心意。

人们经常问新闻记者，他们的在场会如何影响他们采访对象的行为。这个问题听起来很合理，甚至很重要，可是没法完全解答。没有人可以捕捉作家与写作对象间变幻无穷的互动：观察另一个人，并描写亲身观察得来的知识体验，在此过程中你的自身被改变，并因此改变了观察得来的知识体验。一些作家觉得，可以通过第一人称写作以及描写自己如何搜集素材来突破这个迷阵，可正是这个问题的表达方式使得它无法被解答。甚至这个问题能否被充分表达本身都是一种疑问。

不过，问题可以面对。有些新闻记者和采访对象谈话时一开始不用笔记本或录音机，小心翼翼地切入采访者的角色。其他人则觉得立刻打开笔记本并一直敞开着是更开诚布公的做法。一个目的是让采访对象逐渐适应这种奇特的在场，即自己的生活中有一位采访者的事实。习惯成自然，只要经常出没采访对象左右，就能够帮助他们回归行事的自然状态。

在采访对象的生活中，你是一位客人，举止应该像一位好客人一样中规中矩。行事避免走极端：要么一开口说个不停，要么根本不开口。有时候你可能想质问或惹恼你的采访对象。可是你不要把自己的想法加诸采访对象。对一个现场观摩的第三者而言，看起来采访者就像在愚弄采访对象，让他们抛开谨慎，讲太多不该讲的话。可是允许采访者进入自己生活的成年人大多明白对方的角色。大多数采访对象都会预期——事实上大多数都会希望——采访记者置身事外，让自己说话。

真正的问题始于你下笔的时候。描绘真实的人物赋予你控制个体生活的巨大权力，这种权力很容易被滥用。再次考虑一下事实和真相之间的区别。你可以把有关某人的大量事实串联在一起，创造一幅图像。这幅图像可能是批判的，也可能是恭维的。它可能符合你对此人的最佳判断，却违背了采访对象对于自我身份的认识。这种需要精心处理的过程，究竟由什么规则来支配呢?

有法律的约束。在美国，有两套截然不同的标准分别适用于公众人物和非公众人物。两者间的区别，是诽谤法的一个公认原则。事实上，公众人物很难打赢诽谤官司。原告必须证明被告心怀“恶意”发布受争议的声明，也就是说，明知声明是捏造的，或者用法庭上的话来说，“悍然置真伪于不顾”。当然优秀作家想要做到的远远不止遵循法律的限制，可是这里强调的要点是，名人受到的待遇和普通人很不一样。

读者不会期待一位新闻记者以充满人性和同情心的笔调描绘一位名人（比如说前副总统）内心的种种恐惧和魔障。这样做很有意思，很有价值，很了不起，可是没人要求你非得这么做。你能够到手的几乎所有信息，只要是真实的，都可以被用来攻击副总统。可是还有一类写作，其价值恰好在于关注那些通常被忽视的人。通过将视线从名人那里挪开，转向那些在其他情况下不为读者所知的写作对象，这一类写作照亮了社会。在这些情况下，标准会更加严格，既包括法律的，也包括道德的。

珍妮特·马尔科姆[①]的《记者和谋杀犯》，许多人认为是有关作者和写作对象之间关系的里程碑式著作。记者们热爱又痛恨这本书。它的重头戏是浓墨重彩、令人难忘的第一段[②]，因为刊登于《纽约客》而格外令人难忘——历史上，这家杂志发表的新闻主义名作超过任何其他杂志。下文断言，整个行业早已烂入骨髓：

---

① 珍妮特·马尔科姆（Janet Malcolm，1934— ），《纽约客》记者。1984年出版《弗洛伊德档案》，招致写作对象的巨额诽谤诉讼。1990年出版《记者和谋杀犯》，刚开始受到严厉批评，后来被公认为20世纪非虚构文学经典之一。——译者

② 我读了第一段之后把杂志扔到了房间另一头，大概二十年后才把它重新拣了起来。——基德尔

> 每一个新闻记者，只要不是太愚蠢或太自负，以至于注意不到当下的情况，都知道自己从事的工作在道德上是站不住脚的。他是某种诈取信任的骗子，以人们的虚荣、无知或孤独为战利品，取得他们的信任之后无情地背叛他们。就好像轻信的寡妇一朝醒来，发现那个迷死人的小伙早已卷了她的全部积蓄从人间蒸发，同意被写进一篇非虚构作品的人们在书或文章发表以后，也学到了自己的惨痛教训。根据各人不同的气质性情，新闻记者以各种方式为自己的背信弃义做出辩护。自命不凡者谈论言论自由和“公众的知情权”；才能稍逊的会谈论艺术；最有良心的则小声嘟哝，这么做无非是为了赚钱谋生。

这是一个诉讼故事的开场白。被告是作家乔·麦金尼斯[①]，原告是一个被定罪的杀人犯，名叫杰弗里·麦克唐纳。在谋杀案审判前，他和麦金尼斯达成了协议：他特别许可麦金尼斯，在审判期间接近自己的生活和辩护团队；作为报酬，他会得到该书的部分销售收入。显然，他期待麦金尼斯把自己描绘成清白无辜的形象，一开始麦金尼斯也的确打算这么做。两个人成了朋友，可是在审判末期，麦金尼斯的想法发生了改变。他逐渐确信，这个男子的确谋杀了自己的家人。可是他并没有把这一点透露给他的写作对象。事实上，在原稿中创造了一个恶魔形象的同时，他还照旧给麦克唐纳写信表示同情。宣读这些信件让麦金尼斯无地自容，杀人犯的律师亮出它们作为王牌，就

① 乔·麦金尼斯（Joe McGinniss，1942—2014），1983 年出版畅销书《致命的视界》，记麦克唐纳谋杀家人案。——译者

像马尔科姆一样。最终，官司算是打赢了；麦金尼斯同意付给麦克唐纳 32.5 万美元。

用这个故事来实现马尔科姆的目的完美极了。实际上，对她立论最初的批评就是：它所依赖的故事本身已经很完美。律师们说，难审的案件造就了糟糕的法律，这就是一个难审的案件，想要由此对新闻记者和他们的写作对象做出一网打尽的概括，是找错了切入口。马尔科姆并没有真正花力气去了解麦金尼斯的看法；她的借口是新闻记者的武器库里最蹩脚的一种，说麦金尼斯不愿意和自己交谈。可是无论怎么评判这场诉讼案件的是非功过，马尔科姆的分析都自有其价值，特别是对于那些希望她所探讨的话题永沉水底的新闻记者们。

如果有谁在私人生活中对新闻记者撒谎，一般不会获得宽恕。可是另一方面，许多非虚构作家对《冷血》推崇备至，然而为了写这本书，杜鲁门·卡波蒂无耻地向自己的写作对象撒了谎。也许人品是关键。是不是向一个杀人凶手撒谎没什么大不了的，而向扶轮社社员之类的撒谎就是另外一码事儿？大多数作家虽然盛赞卡波蒂的著作，却对其采访手段感到不自在，并予以谴责。那些不如以上情形戏剧化的事例呢？那些小小的灰色地带呢？我们到底欠采访对象多少开诚布公？比如你的采访对象发表了一句种族主义的言论——在平常的对话里，你肯定会抗议这类言辞——这时候是不是会放任自流？你很可能会这么做。你会不会听到一个不好笑的笑话之后哈哈大笑？当然，这样做并没有什么错。当你听到自己不同意的意见时，会不会模棱两可地微笑？如果有人直截了当地问你是否同意采访对象的意见，而事实上你完全站在对立面，那么你会不会低声嘟哝一句，让人读解为赞同？也许你会说：“我明白你的观点，但恐怕不能苟同。”

马尔科姆认为，某种程度的不诚实往往潜藏在所有作家和写作对象的关系之中。无疑，所有这类关系都包含了几种互相竞争的叙述。写作对象有一个故事，作家有一个故事，两者并不完全重合，还可能大相径庭。作家和写作对象都想从对方那儿有所获益。这又有什么关系呢？有着各种各样利害关系的人们达成协议的例子，在生活里不胜枚举。可是一种特殊的道德风险却在新闻写作中涌现，因为欺骗的机会很多，双方的权力又很不平衡。写作对象和作家之间的关系，在马尔科姆看来，经常演变成一种相互的引诱，其间新闻记者必定占据优势地位：“新闻主义的道德暧昧性并不在于文本，而在于作为文本缘起的种种人际关系，这些关系永远并且必然是一面倒的。”比如，你和你的写作对象花费时间待在一起，交换你们的人生故事，你可能会让自己想象这是你们关系当中彼此对等的部分，可是别忘了，你的写作对象并没有把**你的**故事记录下来。

马尔科姆还阐明了另一个观点，对于作家们既有教育意义，又有警诫作用：“恋情的比喻适用于新闻记者—写作对象等式的双方，这种关系让人快乐，让人兴奋，新闻记者受其吸引的程度并不逊于写作对象。”（接下来她提到乔・麦金尼斯的律师如何力图指出，在麦金尼斯和麦克唐纳打交道的过程中，麦金尼斯的朋友部分是真诚的，可是作家部分控制了他的作品。马尔科姆不太情愿地承认，这一说法听似疯狂，实际上不无道理。）马尔科姆继续写道：“在新闻记者去外面的世界同人们交谈的经验和独自在屋内写作的经验之间，横亘着一条深渊。”

说到这条“深渊”，她可以滔滔不绝。确实，任何长期从事新闻报道工作的人都承认，这一概念表达了实情。作家有时候会对写作对象感到格外亲近，这种感情里掺杂了感激和同情，感觉像是真正的柔情蜜意。可是当写作对象必须真正成为一个写作对象，必须被转化为文字的时候，那种感情就会改变。作为作家的你所感受到的，不再是作为采访者和观察者的你所感受到的。谁知道作家的真实感想究竟在深渊的哪一面呢？可是每一个新闻记者都知道，每一个读者都有权利期待，在出版物里得到表达的通常来自目光锐利的（近乎铁石心肠的）作家为故事的各种需要而效劳。

一些潜在的写作对象看来懂得，允许作家进入自己的生活存在不止一种动机。以下是一名潜在的写作对象写给一位作家的电子邮件：

> 要是跟您说实话，那么我相信自己之所以乐意做这件事，一个显著的原因是我敬重您的作家身份；我也能够想象得到，对于有人给我画像，我会自恋式地乐在其中。这种想法大概过于天真。无可避免，如果这幅肖像画果真像我，其中会有一些特征让我觉得不自在。我还希望让人们看到我［履行工作职责］的场景，更加个人化和凸显细节的场景，这样做的意义同样重要。

这种程度的先见之明非常少见。可是，新闻记者可以帮助写作对象考虑清楚是否让作家进入自己生活所牵扯到的方方面面。最主要的预防措施就是把这种安排的性质交代清楚。以下是一些可以考虑采取的步骤：假定所有潜在的写作对象不清楚自己可能卷入什么情况，告诉他们你所知道的可能的结果，特别是令人不愉快的那些。向写作对象解释清楚：对于你会如何描绘他们，他们对自己的画像会作何感想，以及读者会如何评判他们无法预料；向他们解释清楚：他们无法对这些情况中的任何一条做出规定，因为你不可能让他们支配你写的东西。如果他们不想公开某些领域，那么必须在你认真开始搜集素材以前，就说出来。大多数写作对象都会坚持划定界限。如果你感到他们的限定太多，那么最好就此罢手，而不是极力劝服对方勉强达成一份协议，一年后却很有可能反悔。你还应该解释清楚，许多人会发现处于别人的仔细端详下非常难受，对于写作对象而言，阅读你的书会让他们感觉好像在凝视哈哈镜里的自己。

你可能希望更加巧妙地表述这种入场许可，也许是在喝啤酒的时候把它背诵出来。可是最好在实施写作计划的一开始就实话实说，哪怕这会令人生畏，这时候除了觉得采访内容有可能构成一个好故事的材料，你没有什么可损失的。一种聪明的做法是保存你实话实说的证据，通信、电子邮件，或是一段录音（确保它包含采访对象知道自己正在被录音的事实）。

这些措施可能会侵蚀你希望引起的出于本性的同情，但也可能防止某种类型的误解，即使远远达不到打官司的程度，这类误解也可能毁掉你的写作计划。最重要的是，警诫可以起到一种作用，声明你的角色多多少少不止是朋友。

有时候写作对象确实会转为朋友（在回忆录的实例里，朋友会转为写作对象，这种情形甚至更加棘手）。如果你在搜集素材阶段，对写作对象有一种真心的情感关注，那时你还会介入他们的生活吗？埃德里安·妮科尔·勒布朗[①]在花费十年写作《随机家庭》时就面临过这个问题，这本书完全依赖作者对于写作对象明显的同情。她有时候会帮助作为自己写作对象的几位女性，要么借给她们少量的现金，要么帮她们看孩子，要么开车带她们去医院或者监狱。她因为这么做而受到批评，可是在她研究的特殊情形下，这些行为看起来只是很有人情味，远远谈不上所谓的支票簿新闻，即给写作对象金钱以换取他们的故事。

勒布朗偶尔还会和她写过的那些人见面。她们告诉她，她不再和过去一样让人开心。这是因为现在她真的成了一位朋友，对待她们的态度也是朋友式的——当她觉得她们做了傻事的时候，会直言不讳；而在过去，她感到自己受到约束，只能做一个观察者。

对珍妮特·马尔科姆的长篇声讨文字我们无法搁置不理。可是，它刻意忽略了在作家和写作对象之间产生的许多正面的东西，其重要性可能远远超越了误解和受伤的感情。看起来马尔科姆的世界观低估了可能由此产生的杰作。

即使在犯罪小说之外，采访记者也容易染上愤世嫉俗的倾向，这是普遍偏见的一种变体：把别人想得有多坏，别人就必定有多坏，不为别的，仅仅因为最坏的都是真实的。这是一条自以为聪明的捷径：甚至不用看，就能看穿事情的表象。可是

① 埃德里安·妮科尔·勒布朗（Adrian Nicole LeBlanc，1964—　），2003 年出版《随机家庭：布朗克斯的爱情、毒品、闯祸和成年》。——译者

毫无疑问，想当然的愤世嫉俗限制了对于他人可能做出的发现。真正愤世嫉俗的采访记者，永远也不会让自我沉浸于努力理解另一个自我、通过逃避自我从而服务自我的愉快或欣慰。

我们之所以热爱乔叟这样的不朽作家，是因为他对人性人情的嗜好浩瀚无涯。《坎特伯雷故事集》的伟大之处就在于，乔叟的哲学体系为他笔下各式各样的人物——从说话淫猥的巴斯妇，到伪善的赦罪僧——都留下了一席空间。乔叟式的空间就是丰富的想象力。它并不能得到丰富经验的保证，因为丰富的经验既很容易扩展，也很容易限制一个人对其他人的总体看法。成功的想象力并不意味认可愚钝、刻毒和罪恶，或是抛弃判断力。一个采访记者在走出去投入世界的时候，应该用怀疑精神把自己武装起来，倾向于质疑新闻发布稿。对于将要发掘的东西抱有种种假设和期待没有任何错，只要你也带有罗恩·居斯金德所谓的“对意外的欣然接受”。这一点并不难培养，只要你发现自己的先入之见是错误的，在新闻报道中这是常有的事。弄清这一点让人精神振奋。当你第一次或再一次发现世界是如此复杂，以至于无法被充分想象、仍需要被观察的时候，可能会感到自己正在做出真正的发现。

对于非虚构作家而言，还存在另一种关注，在本质上是精神性的。它和忠实于作家心中的真相或写作对象心中的真相没有太大关系，却同忠实于自己大有关系。乔治·奥威尔在随笔《我为什么写作》中，对这个议题做出了阐释。在文章的开头，他通过讲述自己受到的多种影响，回答了标题提出的问题，比如他从小就博览群书，热爱故事，云云，这些影响能轻易引发作家们的共鸣。在接下来的一段中，他出人意料地口气一转：

按照我的理解，自 1936 年迄今我所有的重要作品中，每一行的写作宗旨都是或直接或间接地反对极权主义，提倡民主的社会主义。在我看来，在一个像我们这样的时代，认为作家可以回避这些题材纯粹是胡说八道。每个人都以这样那样的伪装书写这些题材。问题只是你站在什么立场并采用什么手段。一个人越是意识到自己的政治倾向，就越有可能起到政治作用，同时不会牺牲自己的审美和理性完善。

我在过去十年里最希望做的，就是把政治写作转化为一门艺术。

这一段写于 1946 年，距离今天不过是一个人的一辈子那么长，然而在一些当代人听来，却显得很奇怪。这段文字让人梦见一个时代，那时的西方世界有一个统摄一切的奋斗目标。与此同时，人们抗拒奥威尔的理解。也许这是一种条件反射式的反应，因为对大多数当代文学家而言，没有哪种语言会比政治主张的语言更加让人生疑。很大程度上，这种怀疑归因于乔治·奥威尔本人，他关于政治粗暴蹂躏语言的描写广为人知。

大多数当代作家，在大部分时间里，作为作家按照一套规则生活，这些规则和政治参与的规则截然不同。他们在公共事务的世界之外寻求真相。马克·克莱默在选集《文学性新闻主义》的导言里，对这种规则进行了精妙的表述：

文学性新闻主义在作家富有同情心的陪同下，把冷酷的事实和个人性事件结合在一起。这样做开阔了读者的视野，准许他们观看他人的生活，对这种生活来龙去脉的交代经常比我们能够带给自己的清晰得多。这一过程打动了读者和作家，引导他们走向领悟和同情，乃至智慧。

我甚至会断言，文学性新闻主义包含了某种本质上富有政治性，并且强烈地富有民主性的东西，这种东西是多元的，推崇个人的，反对空话套话的，反对上流社会的。这一点看来是这种文体普遍实践的固有特性。不拘形式的文风穿透了种种宗派、国家、公司、官僚机构和专家晦涩难懂的泛泛之谈。叙述被感受到的普通人生活是以现实为试金石来检验理想。真相就在现实生活的种种细节之中。

一条多么巨大的鸿沟存在于这两种世界观之间！克莱默多么谨慎，声明"文学性新闻主义"可能在某种程度上起到政治作用，即实际上是通过不起政治作用，通过不与统治我们时代的巨大力量直接交手而起到政治作用。当代的好几辈作家，很多都是这样处世的，至少作为作家是这样的。或者有时候表面上是这样的。

人们从来都不想说写作在重大事件里没有起到作用，可是它的力量从来都不是直接或确定的。詹姆斯·艾吉[①]的《让我们现在赞美名人吧》是一本抗议社会不公的书，一幅描写大萧条时期南方佃农苦难生活的不朽画卷。现在它被公认为一部经典，可是在它所描绘的时代却受到忽视。即使是约翰·弥尔顿，在他自己的时代，也没有多少人倾听他的声音。他那篇呼吁言论

① 詹姆斯·艾吉（James Agee，1909—1955），美国记者、电影编剧、影评家，普利策奖得主。1941 年出版《让我们现在赞美名人吧》。——译者

自由的雄文《论出版自由》是直接发给英国议会的，根据记载，议会没有理睬这篇文章。可是过去数不胜数的作家确信通过写作影响其时代的*可能性*。当然，有一些现代的非虚构作家缺乏这种信念，或者已经对其免疫。但并不是所有的人都是这样。许多真正缺乏这种信念的人，仍然努力从事着“政治性”写作。在小范围发行的杂志上发表有理有据抗议的随笔作家就是一个例子。有一些新闻记者相信，记述个人经历是揭露一个时代社会弊病真实代价的有力手段，还有一些记者觉得即使自己的抗议被忽视，也应立此存照；“见证”本身自有其价值。

2012年，美国作家凯瑟琳·布[1]出版了一本书，写一个名叫安纳瓦迪的贫民窟，位于孟买国家机场和豪华旅馆附近。这本书题为《地下城》，以贫民窟里几个家庭和个人互相交织的故事为框架，其中包括捡垃圾的、小偷和忧心忡忡的父母，每个人都是毛骨悚然的贫穷和无法忍受的社会不公的受害者。这本来是很难处理的材料，布的故事和叙事技巧却能点石成金，把这些不幸的人塑造得非常真实——他们有希望，有计划，有缺点，也有美德，每个人都在想方设法地改善自己的生活，处于底层的人和其他阶层的人并没有太大的不同，读者会为这些人加油鼓劲，偶尔也会不以为然。在阅读他们的故事时，读者几乎察觉不到作者也在提供故事赖以发生的社会政治背景，不是美化的背景，而是升华的背景，这一背景被不着痕迹地暗示出来，让我们*觉得*自己理解了将苦难横加在这些人头上的各种力量。

---

① 凯瑟琳·布（Katherine Boo，1964— ），2003年起成为《纽约客》特约撰稿人。《地下城》获当年美国国家图书奖。——译者

只有到这本书的结尾，在后记中，布才直接向我们说话。我们了解到，她花了差不多四年，在安纳瓦迪进行采访和挨家挨户的家庭调查（她把这个称作“漫游的社会学研究方法”，还不厌其烦地收集了三千多种官方文件）。她承认，永远也不能说一个贫民窟的故事就“代表了一个像印度那样庞大而多样化的国家”。可是，她又写道：“这里和我待过的其他贫困社区之间的共性让人感到震撼。”在后记中，她简短却富有说服力地写到几个重大主题，比如腐败。她告诉我们，腐败常受到公众忽视的巨大效应之一是，“它缩减的，不是经济上的可能，而是我们的道德世界”。

她还告诉我们自己的写作意图：“当我在一个地方安顿下来，同时倾听和留心观察，我并不打算愚弄自己，说什么个人的故事本身就代表了观点。我只是相信，在我们对平凡人生更了解的情况下，可以提出更好的观点，甚至制定更好的政策。”这是一位当代作家的《我为什么写作》。她采用的方法和奥威尔的不太一样，可是两者在精神上有诸多相通之处。看来，她也试图将政治写作转化为一门艺术。

奥威尔的话和克莱默表述的当代规则“真相就在现实生活的种种细节之中”，代表了作家选择的可能性范围。没有人应该告诉其他人，选择这个范围内的什么地方比较合适，可是人们应该承认，范围确实存在。即使一些作家受过训练，用保持距离和反讽的语言来描述任何与制度尤其是政府相关的事物，必定也会时不时地感到，奥威尔所表述的思想“每个人所处的时代都存在一些东西，要求作家必须做出回应”不无道理。可是做出什么回应？怎么做出这种回应？可以说，只有作品超越了表演的层次，超越了提供娱乐或信息的层次，超越了取悦受众和编辑的层次，只有作品在做到所有这些的同时，仍代表了自己最重要的信仰，作家才有可能活得最为圆满。

6 风格问题

H·W·福勒[1]的《现代英语用法词典》属于每个作家的书架，也摆在我的书架上，可是只有在威廉·惠特沃思接手担任《大西洋月刊》第十一任总编辑之后，这本书才真正在我的生活中产生了影响。惠特沃思和新英格兰没什么渊源。他在阿肯色州长大，仍然保留了那个地区的柔和口音，先前在《纽约客》担任资深编辑。可是在某种意义上，他却比正宗的波士顿人还要波士顿人，循规蹈矩，谨小慎微。在惠特沃思之前，大多数编辑集中关注政治、外事、文学潮流和耗时的午餐，当然并不总是按照上述的特定次序。语法和标点这些更加琐细的方面由另一个楼层的工作人员处理。可是在惠特沃思治下，逗号成了每个人的事业。他很快就以校样上目光敏锐有时却难免挫败士气的边注出了名。他用一支自动铅笔做注，写下的字极细小，却令人惊异地好认。在所有的边注中最让人抓狂的，莫过于他把偶尔做出的道歉“我读得很快”附加在一段大多数编辑就算花上一整天也写不出的评语上。他的评论经常涉及微妙的语法错误，在特别指出“所有格不可以做先行词”之类的语法错误后，他可能会加上一句“参见福勒”。“参见福勒”成为暂时蒙受精神创伤的编辑们不时咕哝的一句流行语。我们不觉得自己需要改革，可是一位改革家却凌驾于我们之上。

基德尔同惠特沃思的铅笔边注发生过不止一次的冲突。他（我的意思是基德尔：所有格不可以做先行词，还记得吗?）提交了写新王朝的第一稿，用的是“Corrasable Bond”② 牌打字纸，这是一种很薄的纸，一度给容易犯错的打字者带来了极大的方便。“再也不要用这种纸了，劳驾”，细小的手迹写道，比平常的字迹更黑，语气更重，暗示着强烈的情绪。基德尔无疑受过我的牢骚煽动，本就对这位横加干涉他人事务、威胁杂志社俱乐部高昂士气的大人评价很低——我们俩可都指望着在这家杂志社成名成家呢。在他这里碰了一鼻子灰，基德尔不由得怒火中烧。

基德尔的新书《新机器的灵魂》③ 即将出版，《大西洋》计划发表这本书的摘录，实际上是节本。这么做顺理成章，因为此书不但将由《大西洋月刊》出版社出版，而且事实上就是在该杂志的编辑部里写出来的；对于这本书的市场前景而言，这也是个好消息。此时，出版社已经完成了审稿工作，可是还必须走一遍杂志社的例行流程。基德尔的长条校样现在面临惠特沃思的彻底审查。

有大量问题涌现出来，我记得最清楚的一次争论和一句粗

---

① 亨利·华生·福勒（H. W. Fowler，1858—1933），英国词典编纂家。——译者

② Eaton’s Corrasable Bond 是美国常见的打字纸商标，可抹除一次打字错误，现在已停产。因为这种纸的表面涂层不吸收油墨、容易被擦掉等特性，所以打字页很容易沾染墨污，打出来的字迹不能持久，并且页面可能粘在一起。由于这些缺点，可抹除打字纸不能用于法律文件和档案记录，很多编辑也不愿意接受用它打字的投稿。——译者

③ 见龚益、高宏志中译本，机械工业出版社，2011。——译者

俗的引语有关。基德尔的文章引用了一位电脑工程师的话，说他正在设计的新机器跑起来“和一只被强奸的猿猴一样快”。惠特沃思枪毙了这一句，理由是太粗俗。没错，这句是很粗俗。可是难道因为这个，就不允许作家用它，哪怕引号已经起到了间离效果？（凭直觉我很担心）基德尔对这个建议会做何反应？

有两种类型的狗。一种会把棍子吐在你的脚边。另一种你越想把棍子从它嘴里撬出来，它就把棍子咬得越紧。采访记者往往是第二种。通常情况下基德尔很愿意接受建议，可是事情很明显，他不愿意放弃引语，并且怨恨他人想当然地以为他会这么做。

我被夹在中间两头难做。一方面，谁都不想丢掉饭碗，甚至不想丢掉一个晚上的睡眠，仅仅是为了辩护“被强奸的猿猴”这句俚语。另一方面，基德尔是我的作者，他原封不动地引用了一句话，不过是一句引语，如果删掉，会让故事场景出现一个漏洞。在我看来，杂志的高贵形象说什么都不会因为印刷了这句令人反感的粗话，就受到玷污。

惠特沃思是阐明观点的老手，他贡献了一段很长的讽刺性边注，设想什么样的下里巴人才会使用这句俚语。他说了一大堆，其中一句，是听到这句俚语，会让人联想到一个大学二年级的学生，房间里摆着大羚羊鼓，墙上挂着山寨的非洲部落面具（不得不承认，这种论证相当生动有力！）。

可是说出这句话的人并不是我们，我争辩说。

你们的言下之意就是这个，惠特沃思反驳道。他说，我们用这句话，就相当于“公开赞同”。

他说什么呢？基德尔说，口气比惠特沃思更重。他上哪儿想出这么个词的？[1]

最后，这句引语还是被枪毙了。惠特沃思没有表示任何退让的迹象，尽管基德尔还是不服气，却不再坚持己见。是不是做了一件正确的事儿呢？毫无疑问，惠特沃思在尽力保护他新掌舵的杂志的高雅品味。不过他的话也未尝没有道理；要不是两人像一对撞角的雄鹿较上了劲儿，我们本来可以更清楚地看到这一点。受好奇心驱使，我最近又回顾了引起争议的那段文字。在这段文字中，基德尔描绘写作对象的手法，显然是刻意让读者觉得这位工程师的言谈生动有趣。要是读者认为作者对“被强奸的猿猴”这句俏皮话印象深刻，这么一来，“公开赞同”就坐实了，对于作者可不是什么好消息。

这说明，一篇作品的风格可以多种方式形成，包括对一段引语的选择，一个词，对一个语法细节的遵守或违背。我们想到一位作家的风格时，就好像是某种固定不变的身份，可它却是由类似以上例子的诸多细小决定逐渐累积而成的。我记得，在我们俩认识的早期，我曾经给过基德尔一些关于风格的建议。事实上，我是这么说的：“听着，你并不总是这间屋子里最沉得住气、最有理智的人，也不需要是。可是你钦佩这样的人。既然如此，你何不在自己的文章里，假装一个有理智的人？”我觉得这个建议实际上很有用，可这并不意味着一种风格是一辈子仅有一次的发现。它由每个句子、每个选择不断地创造和再创造。

① 关于“公开赞同”，惠特沃思用的是形容词 endorsive，这是一个根据动词 endorse 临时生造的词，在规范英语里并不存在。基德尔趁机反唇相讥，嘲笑咬文嚼字的总编大人其实英语也不见得有多通。——译者

惠特沃思和基德尔最终握手言和，成了朋友。几年后的一天，在一种不同的情形下，基德尔和我发现，我们俩想要知道使用另一句有争议的引语，是否听上去相当于“公开赞同”——这么说可不带任何反讽意味。与此同时，《大西洋》在惠特沃思的领导下持续发展，成为至少在句子和段落的编辑层面上，冠绝全美的杂志。

福勒更有说服力的两条声明会在本章出现。也许这两条会赢得更多的皈依者。说真的，每一个作家，要是手里还没有《现代英语用法词典》，应该赶紧买一本。不过请注意，我说的是 buy（买），而不是 purchase（购置）。凡是读过福勒论“上流社会谈吐”的人，都不会再把 purchase 用作动词。[1]

——托德

“删掉多余的词”是斯特伦克和怀特合著的《风格的要素》给出的建议，没有人会不同意。可是另一方面，你怎么识别一个多余的词？林肯写下的难道不是“四个二十又七”，而是“八十七”？[2] 李尔王的临终哀鸣“永不，永不，永不，永不，永

① 在福勒的《现代英语用法词典》（1926）里，“上流社会谈吐”指本来可以用简短通俗的词语（多为盎格鲁-撒克逊词源）表达，为了显示风雅，刻意换用一个被视为更加高雅或正式的同义词（多为法文-拉丁文词源），比如不说 enough，而说 sufficient。托德在此戏拟福勒的例子，说自己表达“购买”的意思用的是 buy，而不是更加正式的 purchase。——译者

② 林肯名垂青史的《葛底斯堡演说》（1863 年 11 月 19 日）开场白：“四个二十又七年以前，吾辈先祖于此大陆上，肇建一个新的国度，……”之所以采用这种特殊措辞，是模仿《圣经》的行文风格，比如《英王詹姆士钦定版圣经 · 诗篇 90》就有“三个二十又十年”的说法。这么写不但使得开头一句富有诗歌的韵味，而且增加了一种庄严和权威的气氛。林肯常引用或暗指《圣经》，其国人对此往往心领神会。——译者

不!”，你会删掉哪个词呢?[1]

实践证明，流行的写作法则几乎全都真假参半、不可全信，如果照搬会很危险。它们作为纠正的办法便于使用，可是作为写作指南却没有太大用处。权威们说，要避免使用系动词加被动语态，代之以主动动词。要是你在书桌前坐下来宣布，“今天我要用主动动词写作”，很可能会出现两种结果：要么是拙劣可笑的模仿之作，要么瘫在那里无法动弹。不过也要注意，要是一个段落过多地依赖系动词，你就可能开辟了一条通向修改的航线。

对于系动词和被动语态的诬蔑有欠公平。上帝创造两者，必有其不得不然的理由。翻开《圣经》：“太初有道……道就是神。”没有人会非难那个系动词太弱。[2] 还有莎士比亚：“人事总有潮涨潮落时/若顺高潮得水势……”（既用了系动词，也用了被动语态）。[3] 偶尔，一个一般被认为很弱的动词，反而可以强化环绕它的各个名词。海明威的作品在在证明了这一点。每一位作家在界定、命名或放置某物的时候，尽可使用系动词，而不必为之辩护。当施行完毕的事件比施行者更加重要的时候，考虑使用被动语态。不要一味倚赖这些用法，但也不要刻意窜改你的文字来回避。

---

① 出自《李尔王》第五幕第三场：“我的可怜的傻瓜给他们缢死了！不，不，没有命了！/为什么一条狗、一匹马、一只耗子，都有它们的生命，/你却没有一丝呼吸？你是永不回来的了，/永不，永不，永不，永不，永不！……”——译者

② “In the beginning was the Word ... and the Word was God.”两句都用了系动词。——译者

③ 出自《裘力斯·恺撒》第四幕第三场布鲁特斯的台词：“There is a tide in the affairs of men. / Which, taken at the flood, ...”。前一句用了系动词，后一句用了被动语态。——译者

马克·吐温说过："能用五毛钱的词，就决不用五块钱的词。"看来人们普遍接受了这条建议。不错，要想让一段文章令人费解，再没有比堆积长长的拉丁语源词更快捷的方式。不过，英语的力量很大程度上来自赋予其多种来源的历次征服和入侵。用英语写作，几乎不可能不混合较短的盎格鲁-撒克逊语源词和更书面化的拉丁语源词，关键在于混合两者的方式。人们很少注意这一事实：读者的眼睛只要匆匆一扫书中的一页，单是通过留心文字肌理，就能大致推断出它的内容。纯粹是文章的外观，就可以吸引读者继续读下去，或是在开始阅读任何单词之前，警告他们不得入内。

数个世纪以来，文学巨匠们纷纷找到了独具一格的方式来发掘英语中各式各样的声响。以埃米莉·狄金森的诗行为例：

> 预感是草地上拉长的阴影
> 暗示着太阳纷纷坠落
> 通知惊惶的小草
> 黑暗就要掠过。

把不同风格的用语生动有力地混杂在一起，强化了英语的自然节奏。[①] 所以，一方面确实是要小心拉丁语源词过于丰富，

---

① 原文：Presentiment is the long shadow on the lawn —
Indicative that suns go down —
Notice to the startled grass —
That darkness is about to pass.
诗中，几个一般较长的单词 presentiment（预感）、indicative（暗示的）、notice（通知）和 pass（掠过）从法语-拉丁语衍生，而其他短词多源于盎格鲁-撒克逊语（亦称古英语）。——译者

可另一方面也不要机械地偏爱较短的词语。

尽管很多写作指南将复杂的问题过于简单化了，可是所有的写作指南无不分享着一个令人称许的目标：文章要写得清晰明了，生动有力。大多数作家希望实现这个目标。大多数还希望实现更高一层的目标——被称之为“风格”的特质。这是一种很难实现的目标，可是要接近它，最可靠的手段就是避开很多送上门来的风格。世界充满了对作家的诱惑：流行语，未经审视的用语，模仿他人的语调，还有所有这些所代表的思维习惯。创造一种风格经常从一种否定的成就起步。只有拒绝太容易到手的东西，才能开拓出一片自己的天空。

有些写作样式很常见，很容易被归类。让我们从中选出四种，第一种就是众多作家在职业教育起步时所使用的语言。

新闻腔

在人类见利忘义的本性和政治斗争的普遍威力方面，每日的新闻主义提供了无比宝贵的教训，也为所有的非虚构作家提供了具有巨大价值的技巧：搞清事实，每一句话都有事实支持，写得快。可是新闻报道，特别是截稿时间特别紧的，是一种专业化的表达样式，是一种自成一格的文体，进入了自己并不归属的写作类型。

就好像新闻世界由特别的物理定律支配。事物如火箭般急速上升或高飞似的猛涨，要不就如铅锤般急速下落或一头扎进水里似的猛跌。它们猛烈撞击其他事物发出砰然巨响（飞机一头撞在山腰上，飓风猛烈撞击海岸）。新闻写作的陈词滥调，如果说有不少尚且不失戏剧性，其他的则毫无必要地畏首畏尾。在新闻腔里，事件很少互为起因；它们往往在其他事件之后接踵发生。有时候事件仅仅发生在其他事件当中，“在对腐化的一片指控声中”或“当腐化指控如涡流回旋般纷飞之际”。应用这些陈词滥调有一个很充分的理由：新闻主义的基本美德就是不要逾越一个人的种种界限。可是不受新闻编辑室常规束缚的作家可以避免这些老掉牙的遁词。

新闻写作的一个前提是“空间很紧”。有时候是很紧，有时候却未必，可是根据业内常规，它总是很紧，所以浓缩语言的各种办法也成了常规。所有格代替了介词短语：“Chicago's O'Hare”（芝加哥的奥黑尔［国际机场］），“New York's Central Park”（纽约的中央公园）。[①]名词被用作形容词定语：“小说家威廉·福克纳”（或“诺贝尔奖得主小说家威廉·福克纳”）。类似的标识符变得有点儿荒唐可笑：“飞车手罗德尼·金”[②]，“失踪的妈妈苏珊·鲍威尔”[③]，“两度格莱美奖提名获得者某某”。在新闻编辑室之外，许多作家采用了这种句法结构，也许是力图让作品看上去更加正式或紧急。

不要急就章。题材值得花多少时间，就给足多少时间。以下是一个非常舒缓的句子，出自珍妮特·马尔科姆在《纽约客》上的一篇文章，这家杂志长期以来挺身对抗新闻腔：“1990 年 9

---

① 规范的英语应写作“O'Hare of Chicago”和“Central Park of New York”。——译者

② 非裔美国人，1991 年醉驾超速并拒捕袭警，遭警方暴力制服。后法院判决痛殴金的四名白人警察无罪，引发 1992 年洛杉矶种族暴动。——译者

③ 美国犹他州妇女，2009 年底神秘失踪，引发全美关注。苏珊的丈夫乔希受到重点怀疑，但警方苦于找不到确凿证据。2012 年初，乔希在失去二子的监护权以后，纵火和二子同死。——译者

月，大卫·苏特[1]出现在参议院司法委员会面前的第二天，戈登·汉弗莱，来自新罕布什尔州的一位共和党参议员，言谈举止好似一部讽刺小说里的寄宿学校校长，问获得提名的［最高法院大法官］候选人：'你还记得很老的电视节目《一日王后》吗？'"

这个句子不会让人感到万分火急。实际上，它带有一种精心设计的从容感，可是人们能感觉到作者正在为某事做铺垫。让我们用新闻腔重写这句话："'你还记得很老的电视节目《一日王后》吗？'1990年9月参议院司法委员会听证会上英国校长做派的新罕布什尔州共和党参议员戈登·汉弗莱问当时被提名的候选人大卫·苏特。"这句话只用了原文差不多一半的字数，相关信息一清二楚地摆了出来。事实一个也不少，可原文的语调却完全没有了。如果你听的话，就会意识到原文的动感——姑且这么说吧——犹如一个女子风姿优雅地俯身拾起什么，而改写后的句子则像是一个女子从楼梯上滚落下来。

那些充斥着名词用作形容词定语的句子，就有这样的问题。它们并没有违背语法规则，可是违背了正常的说话节奏。优秀的读者和优秀的作者眼耳并用。对于一个用耳朵倾听词语的读者来说，更短的句子实际上要花费更长的时间才能在脑子里产生印象。它很难听，所以读者会抗拒它。有时候，更长就是更短。

浓缩的习惯，加上截稿时间的紧迫，可能导致一位采访记

---

① 大卫·苏特（David Souter，1939— ），1990—2009 年任美国最高法院大法官。——译者

者把信息随意插入一个句子，就像把宽松的衬衣下摆塞进裤腰。比方说，你在写一个新闻故事，题材是警方缉毒，涉及一位来自印第安纳的年轻母亲。在引子中，你确认这个名叫波莉·沃巴什的女子因为藏有毒品被拘押在俄亥俄州某处，但她拒不承认警方的指控。可是你回过头看，发现没有点明她的年纪。于是在下面一段，当引用她本人的话时，你略加补充：“我不知道那玩意儿怎么进了我的车子。”二十八岁的女子说道。

不然，要是你还忘了什么的话，可以改成，二十八岁的印第安纳人说道。

塞衬衣下摆以一种小规模的方式发生：使用一个形容词定语来传达本来需要一个句子才能传达的信息。体育记者不说某个运动员受伤了，而是把这个信息浓缩为“受伤的格隆科夫斯基”。类似的例子还有：“度假的史密斯一家”，“分离出去的共和国”，甚至很常用的“附近的帕克里奇[①]”。这些用法不能说是错的，可是另一方面，全都微妙地降低了一个句子的语调。

这类改变确实可能变得非常微妙，比如编造的以下这一段：“一位四十岁的纽约客今天涉嫌公然猥亵罪被拘押起来。亨利·哈德逊被逮捕的时候，正在中城的一家百货商店里买一双鞋子。”依照惯例，我们知道“纽约客”和“亨利·哈德逊”是同一个人。可是句法完全没有说明这一点。从逻辑上讲，完全有可能我们认为自己读到的是两个不同的人。

新闻记者写文章不带新闻腔是做得到的。

---

① 芝加哥的富郊，希拉里·克林顿的家乡。——译者

新俗语

用俗语写作催生了一些美国散文的巅峰之作。“一切美国现代文学都起源于马克·吐温的一本书，《哈克贝利·费恩历险记》。”海明威如是说，赞美我们作品当中的那种独特风格，它把通俗语言的用词和节奏转化为艺术。从哈克至霍尔顿①以降，俗语成了青少年特有的表达方式，既是在字面的意义上，也是在生气勃勃、离经叛道这个更宽泛的意义上。

当然不落陈套也会变成陈套，而且速度很快，这种情况看来已经在新俗语身上发生。一种使用过头的非正式语体如病毒般感染了当代散文。互联网促成了它的散布；非正式语体是博客写手们固有的声音。以下例子来自《纽约时报》纵横字谜解谜者极力追捧的一个博客“雷克斯·帕克解《纽约时报》纵横字谜”。在下面这段引语里，雷克斯走开了，他的朋友“谜语女孩”坐了进来：

> 唔，嘿，大家好！新年快乐！我敢打赌，你们肯定没想到自己这么快就又看到“谜语女孩”，不是吗？我也没想到。说起来话可就长了，再说怪没劲的，我就不来烦你们了。我只想说，这事儿牵扯到雷克斯越来越拿不准昨天是星期几。听起来果真有点儿像酒后犯迷糊，可是我说这话

① 美国作家塞林格（1919—2010）的长篇小说《麦田里的守望者》（1951）的第一人称叙事者和主人公，现已成为代表青少年反叛和恐惧的偶像，也是20世纪美国文学的经典人物之一。——译者

儿没凭没据的。纯粹是瞎胡猜。绝对没事实。

这一段很好玩，也非常好读。正如它的种种先例，新俗语代表了一种民主作风的冲动，对于自以为是以及文学上的矫揉造作不啻一服解毒剂。它很友好，很 familiar。可是这种 familiar 同时包含“亲切”和“熟悉”两层意思。新俗语模仿率性而发的语言，可是听上去像是在照讲别人的话。它给人一种大公司联营店的感觉，就好像连锁饭店告诉它的顾客：“我们是一家人。”

在一定程度上，这仅仅是一个使用陈词滥调的问题。有些作家试图用“你知道”①、“你知道吗？”②，甚至就一个“嗯”字③（比如“嗯，哈—罗？”）等表示友好的短语让自己的文章显得轻松随便。署名评论的专栏作家在重复一个论点以示强调时说：“哦，我有没有提到过这个？”博客写手热爱的词首字母缩略词，比如“OMG”（哦，我的天哪！）、“LOL”（放声大笑）、“OTOH”（另一方面），现在走出了屏幕，走入了报刊。“Whatever”被用来表示不屑于继续讨论一个话题。④ 要么，或许说一个“哒”⑤ 字就行了。

---

① “you know”：常用作表示踌躇的填空词。——译者

② “you know what?”：习语，用于预示说话者接下来要说的话会很有意思或者出人意表。——译者

③ “um”：表示踌躇的填空词。——译者

④ “Whatever”：本来被用作代词和形容词，近年来常在俚语里被当作叹词用，旨在堵住对方的话头，意思是“你爱怎么说都行；你说什么我都不在乎”。——译者

⑤ “Duh”：近年来流行的英语俚语。当别人告诉你一件明摆着的事情（比如：人人都得吃饭），以此作为挖苦性回应，意思是“这还用告诉我？我又不是傻瓜！”——译者

新俗语作家的真挚并不是率性而发的。即使在反讽的时候也很真挚，真挚得有反讽意味。无论还有其他什么目标，这类散文的首要目标就是逢迎。当然，每个作家都希望受到读者的喜爱，可是这种散文追求一种速成的亲密关系。它过分积极地使用“你”这个词，像“我敢打赌，你是这么想的”，即使“你”的字眼没有出现，也是不言而喻的。作家使出浑身解数来招人喜爱。

在新俗语的散文里，示好式的反省修饰词俯拾皆是，比如万能的“kind of”（多少/有几分），用来调节不然就显得太过放肆的话时尤其奏效。坏事不是坏事，而是“有几分邪恶”。好事不是好事，而是“确实有几分出色”。

上述最后几种用法其实根本就不是街谈巷语，而是一个知识分子支脉的行话。最近过世的大卫·福斯特·华莱士把一篇论当代小说的随笔命名为《某样什么东西的确终结了，人们多少得思考一下》。① 华莱士是一位既灵活又复杂的思想家，一位隐藏自我锋芒写法的大师，他那孜孜不倦的头脑动不动就从俚语飞奔到阐释学。事实上，《纽约时报》的作家莫德·牛顿指出，华莱士动不动就喜欢说“整个什么什么的”，而他本人正是这个短语的始作俑者。② 她承认，“整个什么什么的”的问题不在于才华横溢的华莱士，而在于他的模仿者，这些人仿效他抽

① 这是一篇对约翰·厄普代克 1997 年小说《时间尽头》的负面评论，先发表于《纽约观察家报》，2005 年收入作者散文集《考虑龙虾》。——译者

② 见 2011 年 8 月 19 日《纽约时报》文章《多少可以怪在大卫·福斯特·华莱士头上的另一样东西》。牛顿批评华莱士的一篇随笔一会儿说“整个愤世嫉俗的后现代主义协定”，一会儿说“整个主流的名人文化”，结论是“整个什么什么的真差劲”，短短一篇文章“整个……”出现了二十次，令人感到作者率笔成文。——译者

风式的用词，却缺乏他的才智。他们比比皆是。

对许多人来说，如微风拂面般轻快活泼的文体风格已经成为首选的文学样式，一种让自己貌似清新而真诚的现成手段。这种风格，就像任何其他时尚一样，既迷人又富有感染力。作家应该谨防这种或其他程式化的轻快活泼，特别是青年作家，对他们来说，这种行文格调往往手到擒来。多用口语的作家追求亲密，可是有眼光的读者会抗拒那只按在他们肩膀上示好的手和那抹媚笑，往后退缩。

制式腔

对那些就美式英语散文风格发表意见的人们而言，首要的敌人就是反口语的文风，机构组织的传声筒。如果说口语风格背后的作者听上去有点儿过于神气活现，那么满纸掩饰和虚夸语言的制式文章背后，则根本不存在任何个体人格。这种文体的种种独有特征广为人知，广为诟病，因此人们会想当然地以为这早已被普遍避免。

制式文体往往不说清楚谁应该对话语里提到的事物负责，或是把它归因于天意。人们听到那个非常熟悉的怪物——被动语态："错误已经铸成"；"行动会被采取"。每个人都能认清这种现象。既然如此，为什么还是绵延不绝？持怀疑态度的读者相信，犯这种毛病的作家并非低能，而是具备一种含糊其词的正面才能。年度报告的作者宣布："年终业绩受到符合全球趋势未被劳工缩减充分抵销的季节性利润下调的负面影响。"这个人并不是不会说："去年秋天我们赔了钱，炒了若干人的鱿鱼，这一年对整个行业都很艰难。”也许他不想这么说，更有可能的是，要是这么说，他本人就会被炒鱿鱼。有时候人们不得不摆出某种姿态，在说出一样东西的时候，不必冒与之相伴随的风险。这个时候文章成了土里土气的衣服，藏起来的比露出来的要多。

人们想当然地料定这类文章出自政府和公司，可是学院同样会制造让人叹为观止的若干例子，那些文章晦涩得让人无法理解。以下是一位备受尊崇的文学学者所写的句子，发表在学术期刊《变音符号》上：

> 从一种结构主义阐释（据此资本被理解为以相对类似的方式建构社会关系）转移到一种霸权观（据此权力关系很容易发生重复、聚合和重新表达）把时间性问题引入对结构的思考，并标志着从一种形式的阿尔都塞理论（它把结构的整体性作为理论对象）到另一种（据此洞察结构的偶然可能性开启了一种复兴的霸权观念，它和偶然的场所和重新表达权力的策略紧密联系在一起）的转换。①

这不是为了嘲弄某人而作的滑稽性模仿作品，只是同类文章的一个极端例子。这一发表于好几年前的段落，在赢得由另一家学术期刊《哲学与文学》举办的“坏文章”竞赛头奖后，获得了某种不朽的名声。这个句子之所以出名，是因为一味依赖晦涩难解的学术行话，可是即使不理解它的含义，人们也能

---

① 作者是美国著名性别理论学家、加州大学伯克利分校修辞学与比较文学系教授朱迪斯·巴特勒（1957— ）。——译者

够感觉到修改会起作用。说真的，要拯救这个积弊深重的句子，一种建议是，作者也许可以缩短第一个主语（“转移”）和它的谓语（“引入”）之间的距离（三十三个单词）。一个编辑能够给予一个作家的最有用的建议之一，往往就是“把这句话断成两句”。在这个示例里，答案更像是断成五句。并不是要给句子限定字数。一些伟大的作家，比如马塞尔·普鲁斯特和弗吉尼亚·伍尔夫，就把句子拉长到令人印象深刻的程度。可是有时候，只要赋予每个观念一个完全属于自己的句子，就可以达到清晰明了的效果。

许多充填过满的文章反映了一种欲望，要么想盛气凌人，要么想引人注目，要么想遮遮掩掩。可是必须承认，这种文风的作家有些并非自愿陷入泥淖。实际上，有些人尽力想写出清晰明了、甚至文采斐然的作品。是什么原因造成了他们的失败？华而不实的语言有时候并非是自我夸耀，而是用来掩盖内心深处的不安全感。必须拥有某种程度的自信，才能写出清晰明了的作品。

某些句法结构很吸引喜欢藏着掖着的作家。至少有一种，历史悠久到足以被福勒命名为“前哨从句”。他在《分词短语。4. 句首分词短语及其他》的标题下，对之作出描述。段落节选如下：

> 我们在获许进入前，受到了前哨的挑战。前哨就是一个分词短语或某种对应物被配置在句子前面，以确保我们和 C. O.（即句子主语）的会面只有经过应有的仪式以后才会发生。

这种前哨从句的一个当代例子如下：一个长期的历史专业学生，他在三十五岁时以州众议员的身份进入政坛。这句话在语法上毫无瑕疵，可是它泄露出作者的一种欲望——不惜以牺牲清晰为代价，摆出一本正经的架势或增加文学性的笔调。这位作家绝不会在对话时说出这么一个句子。可是对这位没有把握的文体家来说，简单的陈述句听起来又不够郑重其事。

在最好的情况下，句首的从属子句仍然是一种意义含混的句法结构。以它为基础构成的句子，经常比一个直截了当的陈述句更虚弱无力。一位忠实的丈夫，他给她买了一个钻石手镯。常见的问题是，读者期待从句与跟随其后的陈述在逻辑上发生关联，可是这种逻辑却是模糊的。钻石是在暗示丈夫的忠实吗？还是说这个男人有什么事情瞒着太太？

当句子的两个部分根本就没有关联的时候，事情变得更糟：一个捕鸭迷，他喜欢歌剧和软性色情文学。一个印第安纳人，波莉是三个孩子的母亲。作家是想暗示印第安纳人天生就很会生孩子吗？显然情况并非如此。读者不可以任意假设。可是这个句子听上去仿佛赋予了读者这种特权。逻辑的幽灵在这些句法结构里作祟。它们活跃了很长一段时间，可是历史悠久并不能赋予它们合法性。

神经质的作家也很可能对重复表现出一种病态的恐惧。新近的总统候选人、得克萨斯州的里克·佩里州长[①]极力想显得庄严睿智：“即使某人受到一个同性别人（a person of the same sex）

① 里克·佩里（Rick Perry，1950— ），2000年底至2015年初任得州州长，2012年与2016年美国大选期间两度参与共和党提名战。他极力反对同性恋。——译者

的吸引，他或她在与同性别的某人（someone of the same gender）进行性活动的时候，还是做出了一个选择。”

在类似这样的示例里，作者尽力想要避免重复，不料却把注意力导向了避免行为本身。在此，福勒同样能说明问题，他的术语“求雅替换词”听似褒奖，其实不然。福勒满怀福音传道者般的热情，不无偏激却又淋漓尽致地论述这种文弊：

> 二流作家主要受到求雅替换词的诱惑，这些人关注华丽地表现自己胜于清晰地传达意图，尤其是有些人以数条误导性的经验法则为根据树立起风格观……很少有哪种文章流弊蔓延如此之广，假使本文能够治愈这种顽疾的任何患者，就算没有白写。

求雅替换词是什么？假定写波士顿的房价时，你说：“灯塔山的独栋房屋无一例外开价在七位数以上，可是在后湾偶尔可以找到100万美元以下的住宅。”用两种不同的方式表达“100万”并不会把人弄糊涂，可是有心的读者会怀疑，你是不是在“独栋”和“住宅”之间做出了区别。第二个词很显眼，因为读者疑心它之所以出现，只是为了避免和第一个词重复。可是读者没法确定到底是哪一种情况。你可以在统计数字上做手脚，比如，把价格更低的公寓算作“住宅”。

最后（至少对于一个简短的清单来说，最后），华而不实却缺乏自信的作家酷爱被用滥的比喻，有时候酷爱大量被用滥的比喻。我们必须（像给滑道上润滑油一般）促成事情顺利进行，这个项目才会（犹如着了火似的）激起普遍热情，把我们带到

（上帝应许之地似的）理想境地。比喻在新鲜的时候，是思想的一种形式；可当它们变得陈腐之后，则是回避思想的一种手段。“露出水面的冰山尖顶”不但作为陈词滥调让我们耳朵起茧，而且违背常理，因为它即使算不上谬误，至少也是不准确的——就好像人们说“这样的例子不胜枚举”之时，听众都知道他们其实已经把例子用光了。经常，作家会试图通过公开承认使用陈词滥调（“谚语里吃掉金丝雀的猫①”）或粉饰（“市场销售蛋糕上的糖霜②”）来替它开脱。这些策略从来都不会奏效。陈词滥调就是陈词滥调。奥威尔对于陈腐的比喻态度强硬。他在《政治和英语》里写道：“永远也不要用你在出版物里司空见惯的暗喻、明喻或其他的修辞格。”我们不想禁止作家偶尔使用古老的用语，如“占着马槽的狗”③或是哭喊“狼来了”的男孩，可是总的说来，奥威尔给出的建议是中肯的。一味倚赖陈词滥调的头脑，并不真正了解自己想说什么。

不过，请带着同情心阅读那些华而不实的作家！在那个声音自高自大的喋喋不休背后，潜伏着一条心惊胆战且不知所云的可怜虫。他不但对读者有所隐匿，十有八九对自己也是如此。如果你发现自己听起来刚好是这样，那么就问问自己：你在回避什么。

宣　传

自从奥威尔的长篇小说《1984》问世以来，全世界对于操

① 比喻臭美，沾沾自喜。——译者
② 犹如锦上添花。——译者
③ 古希腊寓言说，一只狗自己不吃草，也不让其他动物吃马槽里的饲草，意思是“自己用不着的东西，也恶意不让别人用”。——译者

纵词语为意识形态或政权服务变得更为敏锐。在任何政治争论中，听到一方或另一方指责对手使用“奥威尔式”的语言，即明目张胆地歪曲词义以谋取一己私利，并不罕见。时下，人们用只为私利服务的语言进行各种争论，这些语言在阻碍讨论上相当奏效，不由得令人忧心忡忡。在早期，围绕堕胎的争议固化为一种二元论：“生命权”和“选择权”两个阵营。2011 年，关于边际税率的争论创造出两种概括富人特征的方式，都包含了既定观点：“全美最幸运的人”与“工作岗位创造者”相对。如果你在这类争论中，对一方或另一方满腔热情，没有问题；可是你万万不可屈从于那种谋求仅仅通过命名就说服他人的语言。

最危险的宣传，是那种人们辨认不出的宣传。它使用的语言，巧妙地潜入公众意识，看似代表了共识，细察则会发现，抹杀了各种差异。这才是真正阻碍理解的语言。

让我们选取一个单词，在 21 世纪初期的美国，这个词和我们有莫大的关系，“恐怖主义”。反对一个词语通常是一种愚人的游戏。没有糟糕的词语，只有糟糕的语境。最粗俗的淫词秽语，从情人嘴里吐出也可以充满柔情蜜意；最难听的种族蔑称，也可以为其受害者所驯服。可是，自从世贸中心被毁之后，“恐怖主义”已经成了美国语言容忍限度内一个非常糟糕的词。糟糕的是它的不精确，它未经检验的前提，它混淆思想的威力，它妖魔化的绝技。

“恐怖主义”。这个大而化之、什么都可以往里放、没有固定形状的词，大到足以容纳每个人的憎恨和恐惧，被如此众多的人用来实现如此众多的目的，以至于作家确实得清楚，他们在什么意义上使用这个词，并想方设法将此意义明晰地传达给读者。

词语的有机体是一个奇妙的系统。语言是自由开放的，以无限的数量供所有人使用，是一种绝对众生平等的有用事物。可是一旦你随意取用这一恩赐，就可能开始用自己的身份做折价贴换。大量的公众语言从现有文化的一部分不假思索地借用而来，这种文化不见得代表作家，作家也不见得想和这种文化结成同盟。肆无忌惮地使用这些词语，达到一定数量后，你就会消失在自己眼前。巧妙地使用它们，你就可以创造自己。这就是为什么作家必须拥有自身语言的原因。拥有你自己的语言，不然的话，它就会拥有你。

当引用伟大作家的时候，我们往往使用现在时态，罔顾他们好几个世纪前就已经过世："弥尔顿提醒我们……""正如莎士比亚所言……"。这种文学惯例使人想起了激发它的真相。我们所崇敬的作家，感觉上好像是我们的同行和密友，好像在直接向我们说话。这种陌生人之间阴阳跨界的心灵交流，由"声音"（voice）相当神秘的特质衍生出来。

今天，"声音"这个术语持续不断地出现在文艺批评中。有时候人们在同"风格"互换的意义上使用它，可是通常人们假定它有更多的含义，常常类似于作家活跃在字里行间的个性风采。实际上，这个术语很快就会在要求它负载的重压下弯曲变形。的确，听到作家们谈论自己的文学声音越来越让人感觉不自在。你不能也不应当试图设计和创造一种文学声音。文学声音是作家不断自我界定和自我完善的内心对白的天佑产物。当它出现的时候，让别人告诉你，还要感恩。

不过，无可否认的是，优秀的作品必须含有人的声响（sound）。也许要把这个更加低调的词语铭记在心：声响。你力求让自己和作品的声响合调。如果你无法想象自己响亮地说出某样东西，那么很有可能你不应该写它。这并不等于说“怎么说，就怎么写”。如果我们都那样做的话，文明就会比现在还要糟糕。这么说更加确切：你在最愉快的日子里怎么说，就怎么写。你想要怎么说，就怎么写。

有时候，在写一篇艰难作品的中途，会发生这种情形：一天早晨，你一觉醒来，脑子里装着一个句子，句子包含了一个声响，看来替你开启了解决问题的思路。跟谁也别提，把这个句子写下来。这个声响可能比好几页大纲更管用。它是建筑师构筑蓝图前的略图，是作家的灵光乍现。

所以，倾听你自己。这样有助于训练你的耳朵精妙地捕捉在我们之前的伟大声音，不是抄袭它们，而是把它们作为灵感之源。亨特·汤普森说过，他把《了不起的盖茨比》打在纸上，用这种方式自学写作。这么做看起来天真得令人感动——考虑到汤普森自身风格的屡次新变，他对写作范式的选择很奇怪。可是他没有幼稚到以为自己会用菲茨杰拉德的文风写作。也许他知道，我们都需要这样的作家：我们从他们那里学到的东西，比个人特有的风格来得深刻。倾听你自己，也倾听那些伟大到无法被模仿的作家。

7　艺术与商业

怀着当时不曾感受到的兴奋，我回想起1978年的那天，天大的好运突然降临我的写作生涯。在那以前，我写过一本很糟糕的也没有出版的长篇小说，还写过一本很糟糕的可是出版了的非虚构作品，几乎没有收获任何评论，售出的册数还不足以抵销出版社给我的小额预付金。之后的五年左右，我一直作为自由撰稿人，为《大西洋》写文章。我刚刚又写完了一篇文章，很长的一篇，正坐在托德的办公室里。我喝着啤酒，我已经在这种场合养成了这样一个习惯，托德也默许了，我觉得他之所以这么做，是希望喝酒会阻止我表达自己向来就有的“产后焦虑”。我一文不名，我再一次向他解释。文章我写腻了。我想写一本书，比之前写过的都要好。我可以写本什么书呢？

托德说：“你干吗不研究研究电脑？”

我畏惧数学和科学，因此藐视在这些方面很在行的人。研究电脑的前景看来既吓人又乏味，和“工程技术”这个词一样乏味。但愿我可以声称自己是那种敢于冒险的年轻记者，勇往直前，不惮于让事实证明自己以前的想法是错误的。可实际上，我之所以听取了托德的建议，只是因为当时我实在想不出可以探索别的什么题材。

三年后，我有了一本书，《新机器的灵魂》。回想起来，托德的主意，即使不考虑别的优点，最起码也合乎时宜。当时还没有个人电脑。电脑是个稀奇玩意儿，可正在激发极大的兴趣，部分是因为研发这些机器的行业创造了巨大的财富。《大西洋》发表了这本书的摘录；一家在电脑从业者当中广为流行的行业性杂志也这么做了，或许这一点在商业上的意义更加重大。接着，《纽约时报书评》的编辑挑选了一位工程师塞缪尔·福罗曼[①]来写书评，他自己也写过一本书，名为《工程技术的存在主义乐趣》。能够读到我的书，与在他看来普遍存在于文人学士中的反工程技术偏见唱反调，并且把他专业的一个分支描述得激动人心，显然让此君倍感欣慰。《纽约时报书评》的编辑把福罗曼先生的评论放在了杂志的封面。

我对自己的书寄予了很高的期望，可是根本就没有料到上述发生的一切，或是接下来要发生的一切。《大西洋》和利特尔 & 布朗出版社也没有料到。《纽约时报书评》上的几篇书评发表后，每日发行的《纽约时报》上也登了一篇书评，评价很高，于是出版社把我派到纽约，造访许多至今仍然排列在第五大道上的书店。我本来要签名售书的，可是一本都没有了。一整条大道上，所有的存书都销售一空。我听说，要等好几个星期，才会有更多的册数被印刷和递送出来。我自然感到愤愤不平。不明事理地愤愤不平。实际上，出版商在我的书上下了很大的赌注，一种没有多少胜算的投注，就像轮盘赌。纷至沓来的好

① 塞缪尔·福罗曼（Samuel Florman，1925—　），以论述工程技术和一般文化的关系的著作和演讲著称。下文提到的书初版于 1976 年，是其最流行的著作。——译者

运让他们的赌注显得微不足道，怎么能指望他们事先会预料到呢？

好运紧跟着好运，或者说好运产自好运。我的书得了奖。我乐于把它视为一本好书，可又希望下面的话不至于让我显得不知好歹：从那以后，我本人也在好些评奖委员会里当过评委，我知道选择获奖者常常是一种评委间的讨价还价，事关不同品味的谈判会导致把大奖授予评委们的第三选择。

在一个颁奖仪式上，我碰到了约翰·厄普代克，他告诉我他有我的书。“写得不错。”他说。

我向他表示感谢，接下来又心口不一地补了一句：“我不太把得奖的事儿放在心上。”

他回答说：“是不要太放在心上。”

我那时只有三十几岁。我告诉自己：当时我太年轻气盛了，以至于没法听从他的建议，并对发生在我身上的一切心怀感激。

当一个人遭遇坏运的时候，很容易相信运气的威力。好运则往往会引诱渔夫——甚至还有赌徒！——把一切归功于自己的能力。可是至少对于作家来说，犯这种毛病是有解药的。想想全世界图书馆里汗牛充栋的藏书，其中必然有经典之作，几十年来都无人翻阅。想想很多优秀的作家没法靠写作谋生。如果有人能以写作维持生计，却又对运气的威力不抱感激，那只能说是自欺欺人。

——基德尔

或早或晚，每个作家都必须同自己辛勤工作的物质层面（商业成功）达成妥协：是实现还是不实现，是渴望还是藐视，抑或是在文学市场里仅仅靠正当收入养家糊口。当代作家刘易斯·海德[①]在《礼物》一书中，以大量的篇幅悉心考察了这个话题。

海德认为，艺术家，包括作家，在本质上与市场经济格格不入。许多作家都曾分享这种让人自我感觉良好的观念，特别是在编辑对他们的天才视而不见，或者读者公众对他们的成品漠不关心的时候。可是，海德把怨恨不平的东西升华为一种彰显人类高尚的真相。他主张，艺术性和创造性一般来说属于（或者说应该被理解为属于）人类学家所谓的“礼物经济”[②]；如果视界更加清晰的话，就会看到这种社会风气存在于南太平洋岛屿等地，而不是曼哈顿中城。他说，创造性起因于两种天赋：天赋的才能和天赋的传统，天赋的传统渗透于个人的才能之中，并为它指明方向。创造性行为本身也是一种礼物，其目标不可能指向赚钱，而必须被无偿地赠予。

海德对作家职能的神圣化可能会引起不安，特别是对于有些新闻写作经验的作家。新闻编辑室和杂志编辑部很快就会给你上课，叫你别把写作看得太宝贵。新闻记者不太可能谈论“艺术性”和“创造性”。就算他们敢于自夸，也往往倾向于谈论怎么做好“专业人士”。诺曼·梅勒把专业人士定义为在倒霉

---

① 刘易斯·海德（Lewis Hyde，1945—　），1983 年出版成名作《礼物》，该书的副标题几经变更，2007 年再版时定为《现代世界的创造力和艺术家》。关于书名，gift 在英文里兼具“礼物”和“天才”两种含义。——译者

② 与“以物易物”和“市场经济”对立的一种交换模式，在交换过程中，有价值的物品被赠与他人，没有明确协议保证赠与者会得到即时或长期的回报。研究礼物经济学的两位先驱布罗尼斯拉夫·马林诺夫斯基（1884—1942）和马塞尔·莫斯（1872—1950）都以南太平洋一带的土著为案例。——译者

不断的一天也会勉力工作的人。作为艺术家，他特别喜欢把自己当作一位专业人士。在专业人士的盾徽上铭刻的箴言，会是约翰逊博士[①]永不过时的至理名言："除了傻瓜以外，没有人会不为钱而写作。"专业人士在截稿日之前交稿，专业人士也会做出妥协。专业人士生活在真实世界的真实时间里，暗自承受工作导致的种种约束。专业人士最精彩的自夸，莫过于A·J·利布灵的隽语："我能比写得更快的作家写得更好，也能比写得更好的作家写得更快。"

同侪相聚的时候，作家们倾向于对写作行业泛泛而谈。之所以这么做，部分是为了避免说出自己对于对方作品的真实想法。可是另一方面，他们对于赖以为生的体制真心感到不快，一逮着机会就会紧紧揪住同行，争相控诉出版商的胡作非为。没有打广告。没有给书评家寄样书，或是寄错了书评家。没有宣传活动。或是大肆宣传，书店里却没有货。

刘易斯·海德主张，以上种种言行无不有损于一位作家的尊贵身份，作家应该对一切市场成功都怀有戒心。但是话说回来，即使抛开按揭贷款这类事儿不谈，一位散文作家也无法轻易把艺术从商业当中剥离出来。伟大的散文艺术样式与出版业同步成长。书籍不但必须被书写出来，也必须被制作出来；历史上，那些有能力制作书籍的人，很快就超越了制造商的身份。出版商成为鉴赏品位的裁决者，既包括审美价值的，也包括商业价值的。即使现在书籍变得更加容易生产，并且多谢电子出版行业，更加容易传播，这种职能也一直延续不变。事实上，

① 塞缪尔·约翰逊（Samuel Johnson，1709—1784），英国文豪。下文所引名言出自博斯韦尔《约翰逊传》（1791）第三卷。——译者

作为文学价值鉴定人的名声才是一家出版商最宝贵的资产，而它总是面临将这种资产挥霍殆尽的危险。出版业并不是文化的附属物，而是文化的一部分，说它藏污纳垢、唯利是图不假，可它栖身的文化有时候不也一样吗？

传统出版业依赖由作者、经纪人和编辑组成的一种基本的三元体系。对于怯生生的青年作家来说，这种关系看似近乎原始，其实是以另一种方式上演了一出经典的家庭剧。不言而喻，作家是孩子，经纪人是慈母，永远站在孩子一边，出版商则是严父，只有通过一次又一次的成绩，才能赢得他的爱。

对于刚刚起步的作家，相当一段时间内，经纪人的神秘尚且在出版社的神秘之前。这些中间人或掮客占据着中枢的位置。他们为出版商提供的服务是发现和甄别新晋人才，并在市场营销上进行合作，当事态变得令人焦虑时，还可以充当作者和编辑之间的缓冲者。经纪人可以做到作家自己无法做到的一些事情。最重要的是，他们可以找到一位很可能会喜欢这本书的编辑。在各家出版商内部，极少人有直接拍板的权力，可差不多人人都可以一票否决。所以，至关重要的一条，就是要把手稿或书稿提案交给一位合适的编辑——后者不太可能立马就把它毙掉，反而很有可能满怀热忱地推荐给同行。

一个揣着手稿的青年作家常常满怀忧惧却又雄心勃勃，犹如一个外省的女孩子初次来到纽约（有时候作家恰好就是这样一个女孩子）。在做好准备面对退稿的同时，她可能把各种各样的人品素质归咎于种种看不见的力量。为什么有些经纪人和出版商隔了这么长时间，才回复她的电子邮件和电话？传播业向来不以高效率著称。不止一位作家悲叹：“和这个行业打交道的麻烦就在于，经营者都是主修英语专业的。”这句话的意思当然是说，很多出版工作者和作家背景相似。这么说是明智的。写书的人实际上和制作、推广书的人有很多共同之处。一位作家越快入门，能和众多经纪人和编辑见面，就会越快发现，原来这些人都是兄弟姐妹——有时候穿着更考究，但未必总是这样。一般说来，他们都是真心喜爱书籍，并渴望把它们制作得更好的一群人。

图书业正在发生急剧而难以预测的变化。多年来，该行业一直被非难为老旧过时，甚至是抱残守缺。如今，出版工作者说完全不知道在几年之内，出版业会变成什么样子。可是，一个基本的真相很可能会一直延续下去：已出版的图书，大约有80%是赔钱的。也许80%的图书本就该赔钱。只有市场神圣性的狂热信徒，才会想象那是同一种80%，可是很难想象在未来，图书赚钱会成为常态，而不是例外。

因此，出版业看起来注定一直是个赌徒的行业。出版商，尤其是那些出版非虚构作品的，一般手稿还没写出来的时候，就把它们买断了。他们在碰运气。有些出版商数年扶持作者，他们苦苦等待的新书可能永远也不会被写出来，也可能写出来了，却和起初答应的相差甚远。可是出版商也很容易以另一种方式，像赌徒一般行事。当一本书卖不动的时候，出版社内部对它的支持往往急剧衰退。编辑会及早止损，将注意力转向其他图书。当这种情况发生的时候，作家们会哀叹，还会怒吼，有时候他们的嚎叫并非没有道理：“要是他们再多花点力气推广我的书该多好！要是……！”以下这句话是没什么用的安慰，不过值得铭记：对于出版商来说，他们原本还有另外一种选择，就是完全不在你身上赌运气。

作家，甚至包括那些成功出版作品的作家，开始得到各种各样关于市场营销和把自己“打造成品牌”的建议。他们被告知，他们必须写一段“电梯推介”[①]，即一口气就能读完的图书简介，据说这对于销售至关紧要。听到这个，并被告知要让自己的书卖得好，作者需要一个“平台”——除了作家以外的某种身份——可能会让人感到既刺耳，又虐心。书稿提案就好像研究资助提案和大学申请表格里的个人随笔，成为一种自成一体的次级文类。甚至还有书稿提案的顾问和书稿提案的程式。作家得到的建议是，创造“各种市场营销计划”，加入自己的书稿提案。有些作家乖乖地花费好几个星期来完成这件苦差。绝大部分都是胡扯和糟糕的建议。一个新作家应该听从一位信得过的经纪人的忠告，谨慎行事，牢牢记住编辑首先是一位读者，而对于读者来说，最佳的市场营销计划很可能是二十到三十页写得很漂亮的文章。

一个想要写作并成功出版作品的作家，必须培养一定程度的双重特质。写作时，你必须把自己视为一名作家，而不是一件商品。可是，你的书出版以后，就成了一件商品。经过时间的磨练，出版商和经纪人在营销图书方面越来越成熟老到，如果你出于骄傲而不对他们的努力给予合作，将是鲁莽的自毁行为。

在一篇名叫《波士顿球迷向“小子”告别》的杂志文章里，

---

① 这个名词反映了一种观念：可以在坐电梯的时长内（约三十秒到两分钟），迅速推介某事物，引发他人兴趣。——译者

约翰·厄普代克讲述了泰德·威廉斯[1]在芬威棒球场最后一场比赛的故事（威廉斯最后一次上场击球，打出了全垒打）。厄普代克告诉我们，威廉斯的污蔑者一直非难他不是一个“决胜手”[2]。接着，厄普代克对此进行了反驳：“‘决胜手’即便不是体育作家创造的神话，也是一个大俗物，就好像一位只是为了金钱而写作的作家。”这句评论对于塞缪尔·约翰逊的名言起到了修正作用：写作当然是为了挣钱，可是只有傻瓜才会仅仅为了钱而写作。

人人都盼望成功。可是，每一位作家都会在中途惨遭退稿，它引发的痛苦是真切无误的。然而痛苦是比绝望更纯净的一种情感，绝望有时会自我乔装为狂妄，源于将作家的自我价值等同于出版商的预付金额，甚至等同于书评家的反应。一位作家生活在与出版业的对抗状态中，固然是自我拆台；一位富有文学抱负的作家将财富与成功完全等同，同样会弄巧成拙。作家所从事的工作，其中最好的那部分，并不广为人们所瞩目。一部作品所能唤起的最大乐趣，可能存在于一个优美的叙事转折，一种得到准确表达的关于人类行为的直觉，或是蕴含在作品背后的宽仁精神。在这些事物发生的时候描述它们，一个很好的词就是“艺术”。任何一本书所达到的艺术成就，可能会也可能不会得到市场的酬报，可是作家一般不会在达到艺术成就的过程中，成天考虑市场。每一本书都必须在一定程度上成为自身

① 泰德·威廉斯（Ted Williams，1918—2002），美国职业棒球运动员，绰号“小子”，效力于波士顿红袜队，被许多人认为是史上最伟大的击球员。厄普代克的文章发表于《纽约客》1960年10月22日。——译者

② 在棒球比赛当中，能够在决定胜负的关键时刻一球定乾坤的击球手，往往是全队的核心、球迷的最爱。——译者

的酬报。在幸福的时刻，作家意识到，最好的作品是在自己的双眼仅仅盯着作品（而不是盯着它的种种影响，或是盯着自己）的时候写出来的。写作是为了写作本身。用刘易斯·海德的话来说，它是一份礼物。

即便在非常卑微的情况下，大部分人肯定都体验过这一真相。这种成功和意图大有关系。一位厨师坚持使用一种新鲜的香草，一个木匠天衣无缝地修补了一块装饰嵌线，一名广播记者用一句抒情短语让自己的报道生动有趣。看来，下面这番话并不过火：正是这些姿态，这些让我们超越实用、存在于经济逻辑以外的东西，使文明值得栖息，它们的缺席（这种情况频繁发生）会让世界变得令人沮丧。

大卫·福斯特·华莱士受到许多同侪作家的景仰。尽管他本人可能把最高的抱负保留给了他的小说，可是一些人景仰他的随笔和报告文学里妙语连珠、机智得令人倾倒的文字，绝不下于景仰他的小说。在为他举办的纽约追思会上，长篇小说家扎迪·史密斯[①]引用了他的话："……优秀艺术和平庸艺术间的主要分水岭，位于艺术核心目标的某处，即隐藏在文本背后的意识动机。它必须和爱有关。必须和这样的修为有关——说出能给予爱的那个自己，而不是仅仅想要被爱的那个自己。"

① 扎迪·史密斯（Zadie Smith，1975—　），英国女作家，纽约大学创作教授。——译者

8　作家与编辑

被编辑

——基德尔

编辑工作并不是自然而然就会发生在你身上。你必须学会怎样被他人编辑。

艾奥瓦大学作家工作坊的学生们对我的作品进行了最初的一些编辑工作。我是1970年代早期去那儿的，当时我离开陆军好几年了，写了部越南题材的长篇小说，没有一家出版商愿意出版——现在回过头来看，要感谢上帝，没有出版商对这本书感兴趣。作家工作坊像是一个体面的避难所，借以逃避我投给各家杂志的短篇小说的退稿单（一次，有人在印刷的单子底部写了句“抱歉”，让我既感到好受些，又觉得更难受）。除此以外，艾奥瓦也像是一个避难所，可以躲避失业和各种失败的象征：一位做股票经纪的叔叔未经要求，就帮我订阅了《华尔街日报》；在某个脆弱的时刻，我写信索要了法学院的申请表，性格羞怯、说话简练的父亲把表格搁在我儿时住宅的壁炉架上，关于越战的长篇小说大部分是在那栋宅子里完成的。

在艾奥瓦，所谓的小说工作坊经常让人觉得像是宗教法庭审判异端，十几个青年作家环坐在一个研讨班教室里，每个人都拿着一份你的小说复印件，每个人都告诉你他们对作品的看法。摧毁性的评语是一回事："矫揉做作"，"感伤主义"，"枯燥乏味"，"百威啤酒式的廉价作品"。可是让我的心直往下沉的，却是那些表示善意的企图，特别是这句话："我想要更多地了解这个人物。"所说的人物往往就是任何读者，甚至包括作家的母亲都根本不想了解的。

优秀的编辑必须具备无私精神，正是这种精神，使得一个人行事以他人作品的最大利益为出发点成为可能。青年作家就不太可能具备这种精神，哪怕是一丁点儿。我认为，青年作家更有可能嫉妒同侪，或是出于自我鄙夷而鄙夷同侪，最最糟糕的是，他们根本没有意识到自己行为的危害性。不过，我指的主要是我自己。在工作坊里，我对其他学生的小说讲了一些苛刻而轻蔑的话，恰恰是因为它们写得并不比我自己的差，有时恰恰是因为它们写得更好。

我们都是渴望成为作家的年轻人，我确定，对于我们当中的一些人，工作坊很有用。大家反应不一。有些人决心打退堂鼓，认为写作不值得自己付出艰苦努力，于是转了行。有些人积极为自我申辩。我还记得一位年轻女郎，在她的小说几次三番遭到痛批之后，站起身来向全班宣布："这个故事讲的是很多美好人物和美好事物的没落！"然后就大步踏出了教室。

我汲取的主要教训和写作的标准有关，特别是小说的标准。我的标准既太高又太低。我曾经读过伟大的长篇小说和短篇小说，设想自己很快也会够得上它们的水准。这时我却意识到，自己连桌对面几位作家的水准都不如。我的解决方法是尽量少向工作坊提交我写的东西，过了一段时间以后，我开始尝试非虚构写作。我所认识的其他学生，没有一个在写作以事实为基础的故事。在本地范围内，看来我独享这块领地。我是不是当时也感觉到新闻写作可能对我很有利？读大学的时候，我曾试着写一部长篇小说，可是费了好大的劲儿才写出差不多三十页纸，我用边注和小插图装饰页面，等着我的传记作者将来发现。短暂地涉猎新闻报道感觉像是逃离自己内心的声响。我被迫倾听他人的声音，思考他人的生命。我从一些老师那里得到了鼓励，特别是丹·韦克菲尔德，他是一位著名的记者，后来改写长篇小说，到这里教了一个学期的课。丹是《大西洋》的特约编辑，他向鲍勃·曼宁推荐我。他还告诉我，杂志社里有一位非常聪明的年轻编辑，名叫理查德·托德。我应该尝试和他合作。

好多个月来，托德一直是电话上的一个声音，我写了一篇关于连环杀人案的文章，他在电话里传递的，都是有关这篇文章的坏消息。

我没花多少时间就修正了第一个问题，即开头的第一句："1971 年春，萨克拉门托谷的某人嗜血成癖。"几经修改，这个句子变成："1971 年 5 月，加利福尼亚州萨特县的警察开始发现多具男尸，被掩埋在萨克拉门托谷中部尤巴城市区外的土地下。"这不是什么令人难忘的警句，但是足够清晰。在我看来，它不再具有托德所谓的"煽情剧风格的"语调，在那种语调里，戏剧性由作者，而不是事实提供。

可是，托德不断地在我的文章里挑问题。最大的几个问题是，我尽力描绘对于杀人犯的审判，一个旷日持久又纷繁复杂的事件，我目击了大部分过程。怎么把一千页的笔记提炼为几页手稿，设法做到既传达这样一个事件的主要事实，又传达它的一些风味——冗长乏味，偶尔一见的戏剧性，以及离奇古怪。对于初学者来说，要如何克服那个完全合情合理的坚信（这一点没法做到）？我一次又一次地改写，把手稿发给托德，等上几天，然后给他打电话，听到的却是：往最好里说，我的叙事仍然让人困惑。

一开始我想冲他大吼："你太没眼光了！"当然我没有大吼。有段时间我试图换一种策略，由于这太可怜巴巴，用的时候我都不好意思承认：通过闲聊我写的东西来实现我的写作没能实现的目标。有时候，在他答复的时候，声音里带着一种疲乏的语调。一次，又或是两次，他短笑一声，仿佛是嗤之以鼻，告诉我（我觉得他是这么说的）我刚才说的话荒唐之极，不值置评。可是他从来没有提高过调门。要是他这么做过，我会记得。

我没有保留在这些对话期间做的笔记，还有我为那篇文章写下的多篇手稿，到底写了多少篇我从来没有数过。现在不再有传记作者坐在我身旁。写出经典作品的青春期梦想已经转化为写出东西可以发表的迫切需要。对我来说，成败在此一举。我确实觉得，要是托德当初干脆毙了那篇文章，我就会自己花钱订阅《华尔街日报》。他应该那么做。我要是他的话，就会那么做。花好几个月阅读同样的旧材料，出自一位没有发表过多少东西的作家之手，讲的是一个无关紧要的故事。我从来都不敢问托德，他为什么要忍受这个，可是几年后，我向他的太太苏珊提出了这个问题。她的回答是："他愿意像作家一样卖力工作。"

有些作家来到世界上，相信当我们请求他人阅读自己写下的东西时，是在赐予他人恩惠。我却愿意相信，在无数次通话的过程中，我开始认识到，当某人不辞劳苦读你的作品，并给出诚实的反应时，我应该满怀感激，哪怕自己并不这么觉得。可是，一旦我的文章终于发表在《大西洋》一个名为“报道和评论”的角落里，我确实满怀感激，甚至欢欣鼓舞。鲍勃·曼宁说我投入的努力让他印象深刻。他并没有说文章本身让他印象深刻。这么说是诚实，而不是冷酷。那会儿，我才不在乎呢。文章能登出来，我就心满意足了。

在高中或大学新生的写作课上，人们学到的或曾经学到过的文稿改写，是一种主要涉及小修小补的琐碎杂务，诸如把句子和段落挪来挪去，美化一种表达，划掉一些词语代之以更好的。文字处理软件的出现大大促进了这种类型的文稿改写，因为它变得如此容易。并不是说找到恰当的字眼或从一个句子里删掉走调的音符不重要。有时候小修小补会暴露出一篇手稿里更大的问题，有时候甚至暗示了解决方案，但前提必须是，你在寻找更大的问题和解决方案。

我还记得在大学里阅读菲茨杰拉德没写完的长篇小说《最后的大亨》，研究他在手稿里留下的一条注释：“即兴改写。由于改写，已经变得生硬做作。不要看［以前的手稿］——即兴改写。”我反复阅读这几行字，力求理解，好把它们铭记在脑海中。菲茨杰拉德知道，至少存在两种类型的文稿改写。第一种类型是试图修补你已经写下来的东西，可是这么做有可能阻止你正视第二种类型，阻止你想清楚，自己到底要做什么，并且寻找更好的方式来讲述自己的故事。如果菲茨杰拉德给一位青年作家而不是他自己提建议，那么他可能会说，“按照原则改写”，要不就是“不要只是换汤不换药，把旧稿子扔了，从头再来”。无论如何，对我来说在很大程度上，学会怎样被编辑就是认识到第二种类型文稿改写的必要性，托德和我在接下来的四十年里一起从事的，绝大部分都是这类改写。

在电话里，他成为那个宣判失败或其反面（发表）的声音。在我终于和他见面之前，他于我是个权威人物。就算他是巨人或侏儒，就算他穿苏格兰式折叠短裙或细条纹西服，看上去仍然会契合我想象中赋予他的角色。我猜想这就是为什么见到他本人以后，我惊奇地发现，他一点儿也不像那个时期照片上的他。实际上，他身高离六英尺也就差个一两英寸[①]，可是我仍然觉得他是小个子，因为他比我矮。他看上去像预备学校的老师，说像乡绅也行，是爱尔兰新教徒类型的：红润的皮肤，泛红的沙黄色头发，卡其布或灰色法兰绒裤子，一件粗花呢运动外套，一条实用型领带；多少有些邋里邋遢不修边幅。时间长了，在我眼里他这身装扮才逐渐变得不矫揉造作，值得赞赏，因为他显然注意到了其他人的穿着，特别是女人，他把她们的裙装称为“长礼服”。

我二十七岁，他也不过三十二岁，可是我把他视为老一辈的一员，老一辈指的是在越南战争和婴儿潮一代入大学以前上了大学的美国人，托德曾经把婴儿潮一代描述为“傻瓜一代”。他喜欢那些在我看来很老派的东西，比如农场，还有农事耕作，

① 约 1.78 米到 1.8 米之间。——译者

至少在假想中是这样。他喜欢老建筑，田园风光，古董和现实主义小说。看起来他之所以喜欢很多他喜欢的东西，刚好和他不喜欢的东西是对着来的。对于他不喜欢的东西，我了解得更多一些，其中很多恰好是我喜欢的，比如为运动而运动，非现实主义小说，阳光灿烂的天气和猫。他表面上很镇静，这个表面是他允许大多数人看到的东西；而我更喜欢将自己的思想、特别是牢骚与人分享。

大约有五年时间，我和他合作为杂志写文章。我只是个自由撰稿人，花好几个月查资料写文章，到头来顶多赚几千块钱。我没有娶到富家女（我父亲曾经说过："干那行，工作时间未免太长了。"）。不过，我太太有一笔小小的收入，容许我在托德的教导下自由自在地工作。当时我并不觉得自己享有什么特权，可实情就是如此。

我在写一篇文章的中途，每天至少会给他打一次电话。早期，一次打电话的时候，我听到他清了清喉咙，好像意思是我说得太久了。我急忙解释，我希望他对题材的了解和我一样多。"可是，基德尔，"他回答，"对于题材，我并不想知道得像你那么多。"那篇文章写的是把下水道的污泥倾倒在纽约的海湾里，可是我相当确定，他的警告具有普遍意义。我觉得自己听明白了他的意思。作家写文章，部分任务就是要提炼海量信息中的精华，这样做不仅仅是为读者着想，也是为编辑着想。

这种情况经常搞得我狼狈不堪。有时候我来波士顿完成文章，托德和苏珊会把我安置在他们的客房"拉马达房间"（他们的一个女儿很晚才开始一天的活动；他们把她的房间叫作"17号房间"，比方说"17号房间有麻烦"）。我在他们家待了两个星期，完成我关于越战老兵的文章。根据托德的回忆，我每天晚上都要拉着他，絮叨文章里的一件什么事儿：“我都困了，得上床了，你还在叨叨个没完，天知道你会熬到多晚。第二天早晨，我坐在早餐桌前，你从楼梯上下来，还在叨叨着文章里的同一件事儿。”

和一位编辑关系密切，由此瞥见他的生活点滴，能够让人了解编辑面临的各种问题，于是提出各种让自己有用的建议，也获得了对方持续的关怀。可是我揣想，就我的情况而言，现实并不总是尽如人意。《大西洋》和托德家会举办一些交际聚会，我在聚会上喝得醉醺醺的，出了洋相。我犯了一些过错，毫无疑问，出于同样的原因，我马上给忘了。苏珊有一件人形瓷罐古董，是一件英国酒器，表面铸出人面造型。她把它放在厨房的一个搁物架上，以免受到损害。“你把它打碎了，”托德在事情发生很久以后才告诉我，“当时你并没有盯着它看。你只是……动来动去。它就掉了下来。你跟平常一样，疯狂地表示歉意：‘上帝啊！上帝啊！这是不是很值钱？’苏珊说：‘啊呀，别往心里去，特雷西。它是非卖品①。’这么说看来让你安下心来。”

“我当时是不是喝醉了？”我问托德。

“也不是没有可能。”

揣想起来，即使没有偶尔共享午餐，作家和编辑照样可以合作愉快，可是我认为远距离编辑文稿对我不大管用。在刚开始的好些年里，我需要太多帮助，包括树立信心；等到我不再

---

① 苏珊的话很可能是一语双关：“priceless”除了指非卖品以外，常用义是“无价之宝”。——译者

需要那么多帮助的时候，却已经习惯成自然。一天晚上，托德给我家打电话，我太太接的电话，他这么问起我："弗兰妮，你们家老大在家吗?"我不以为忤，反而忍俊不禁，当然部分是因为我知道，他的目的就是搞笑逗乐。他在扮演托德的角色。在初次见面十年后，我们俩一起吃晚饭，我哀叹自己马上就奔四十了，这让我觉得自己青春不再，托德从柯纳克白兰地酒杯上方抬起头说："基德尔，我很了解你三十几岁的时候是什么样子。信我的：你该向那些日子告别了。"这话让我轻松下来，由轻松转化为得意。我想："我会记住这句妙语。"

那时候，我们俩合作发表了很多篇杂志文章和两本书。习惯、实践、原则累积为一种小小的制作工艺，我们自己制作文章（尤其是到那时为止，制作书）的独特方式。

我们会说，在一种场合管用的办法，很可能在另一种场合失灵。比如，我写了一篇发表在杂志上的人物传略，后来试图在写同一个人的一本书里全篇袭用这篇文章。结果令人沮丧。在看了几回修改稿后，托德说："你得把那篇文章砸个稀巴烂。"我想象着一个瓷杯粉身碎骨地躺在地上，自己把一些碎片捡了起来，包括曲柄和一块杯沿。

可是在我们的实践当中，许多通用步骤从一个写书计划延续到了下一个。写书计划刚一启动，我就向托德请教，直接从开端的问题开始：我应该写什么题材？有两本书的构思是他的主意，另一本来自苏珊。不管建议来自何方，我都会和他讨论，讨论经常长达数月，有一次长达两年。当我终于选好题材，开始搜集素材后，一个星期我至少向他汇报好几次，除非搜集素材把我带到了某个没有电话的地方。他的指导让我从头脑里互相竞争的各个声音中解脱出来，有了一个起步，或者时不时地，有了一个实实在在可以与之争论的对象。

在我们的实践中，每一本书都有四季轮换。搜集素材的季节过去以后，接下来是撰写手稿的季节，是我害怕的一个季节。很久以前，一次我吃罢晚饭，开始为《大西洋》写一篇文章，抬头看见日光在一块地板上推移，地板上丢着皱巴巴的纸团，上面是这篇文章开场白的至少一百种不同版本。有一段时间，我坚决认为，在继续往下写以前，第一句话应该完美无疵，为此整天整夜地忙活，却毫无进展。这类事情经常发生，使得我心生恐惧。所以，写手稿的时候，我完全置谨慎细致于不顾。相反，我写得飞快。我会花上一两天沉思材料，然后潦草地写下类似计划的一个东西，甚至都算不上大纲，只不过是事件清单，然后尽快炮制出很多页。尽快地写让我没有机会后悔自己写得太烂。只要是看上去有意思的路线，我都会走一遭，而且绝不走回头路看我写好的东西，更不用说修改了。与此同时，我会试图忘却以前手稿的悲惨下场——装满了废稿的垃圾袋，当然我总是忘不了，所以我会告诉自己：这一次会有所不同，这一次手稿会幸存下来。可是，因为我几乎总是在手稿远远没有写完的时候就已经丧失了信心，我会把它分为几大组块。这样做往往能加快速度，因为我越快写完一个组块，就能越快请托德帮我重树信心。

这种写作方法的理论基础是，当你到外面新闻采访的时候，你总是希望收集的材料多于自己能采用的——多很多，十倍，百倍。接下来你希望在稿纸上对丰富的材料完成试镜。所以，如果你打算一生中写不止一本书，那么得赶快写出第一稿。我发现，自己用那种方式写出来的任何东西，都比花足了力气精雕细琢出来的更容易丢掉。即使是我在研究进展不顺的时候搜集和唤起的材料，是我认为的“好东西”的材料，一旦写出来，发现效果不好，忍痛割爱也不见得是什么难事。

这种写作方法的代价，就是装填过度、令人费解的初稿，可能连编辑也会为之惊愕。“也许先把事情想透彻再开始下笔，会对你有帮助。”一次，托德如是告诫我，不过也就那么一次。打那以后，我猜想他已经于无奈之余，勉强接受了我的杂乱无章。我的《学童中》，初稿超级长。在写这本书的过程中，头几百页我用第一人称，接着大约五百页试着采用全知全觉的第三人称，接下来很长一段又回到了第一人称，最后几百页用类似一出戏剧的形式完成。托德依次收到了每个组块的复印件。每次他都会等上好几天，然后一如既往地说：“不错。接着写下去。”我也一如既往地听凭自己想象，他确实读了那些稿件，这样才不会觉得自己是个负担，导致他压根就没有读过。我从来没有问过他，是不是真的读了我的初稿。我不想知道。对这套流程的运行效果，我没什么不满。就算深究起来不太合逻辑，又何必说破呢?

我学会了爱上改写，没准儿爱过了头，可是，改写的确是作家的特权。在生活中，我们极少有类似改写所提供的机会来修正过去，收回说过的话，在别人听到前，用更好的方式来表述。手稿我通常写十遍左右，每写一遍都会更接近定稿，不过也不是次次如此，就好比打高尔夫。这个阶段持续了至少一年。我写，托德读，然后我们见面讨论手稿，接着从头再来，一遍又一遍。托德曾经为了准备我们的见面，在手稿边沿匆匆写下评语，可是最后，他会目不转睛地凝视着稿件说：“我都在这里写了些什么?”很快我就比他更擅长辨认他的评语。可是他的字迹每况愈下，最终他彻底不写了。从此以后，在他归还的稿件中，我见到最多的就是句子下面的弯曲线，可能有许多含义，但没有一个是好的。

我们曾在多家餐厅里认真讨论手稿，不过一间面积很大的私人房间效果最好。托德喜欢踱步。如果他在一次会面前，说希望看到原稿被分割成各个组件，摊开在一个平面上，我就知道我们俩有了进展，我的书稿越写越好。十年里一块地板一直在派用场，可是必须用一张桌子的时刻终于来临了，因为膝盖和背部的自然老化使得地板越来越难够到。托德绕着桌子踱步，一只手插在裤袋里，另一只手托起成堆的手稿，好像在称量它们，而我记着笔记，忍耐着不多嘴多舌。

手稿总会有不对头的地方。我指望托德把它给揪出来。在为《大西洋》写文章的几年里，我有时候觉得，信任他付出了牺牲自我独立的代价。回想当年，我觉得彻底独立是写出优秀作品的一个前提，正如住在阁楼上是经常喝醉的前提。有时候我怨恨托德告诉我，一个人物，或者事件，或者句子妨碍了叙事，应该丢弃。我告诉他，我要列一份清单，汇集所有他让我砍掉的“好东西”。我从来也没有列过这么一份清单。我唯一记得的，是一个叫做莫里斯·克雷默的男人，一个以海滨拾荒为生的“环保行动主义者”，在为关于下水道污泥的新闻特写搜集素材的过程中，我遇到了他。

“你完全被这个家伙迷住了，”托德提醒我，“可是说实在的，他和你要写的故事没有半点儿关系。”

我回答说，这个男人生动有趣。

“是的，”托德说，“你对生动有趣的人物很感兴趣。”我的兴趣对托德来说，成了一个足够棘手的问题，以至于他称之为“莫里斯·克雷默问题”。这是无关人物的问题，是次要人物太抢眼的问题，即“墨古修问题”的一个笨亲戚。

为了解剖一篇手稿，我们既采用了标准的文学术语，譬如“视角”或“语调”，也采用了自己的暗语。“外部事物”指的是存在于故事以外的东西，不是通过直接观察人物和事件得到的知识。当我为写作《宅屋》搜集资料的时候，发现自己很想知道建筑物构架里的木材来自何方。我追根溯源，发现大都来自缅因州的大森林：伐木场和锯木厂。这就是一个外部事物，放在叙事中看起来非常协调，于是幸存下来。大多数外部事物都被砍掉了，可我从来都不觉得它们是浪费时间。并不是说这种类型的研究会出产学术成果，可是要在《新机器的灵魂》中信心十足地撰写一位电脑工程师的生平，我觉得自己了解的必须远远超过书里写到的电脑发展史、行业概况以及设备里到底装了什么玩意儿。为了在《越过一山，又是一山》中描述保罗·法默医生的工作，我必须了解肺结核的抗生素抗药性，以及其他很多东西。我阅读了相关的医学文献，采访了几位专家和微生物学家，草拟和改写了长篇大论的解释，反复做口头解释，让托德和我的家人不胜其烦，最后托德说服我把它浓缩为几句话。几个比最终定本更长的版本妨碍了我正在讲述的主线故事，它本身就已经够复杂了：法默发现，一个秘鲁贫民区的贫困病人在治疗抗药性肺结核的过程中，由于治疗方式不当，进一步导致治疗抗性。至于幸存下来的并得到充分展开的外部事物，我们会说，诀窍就在于：提供它们的时机，一定要选在读者想要了解文章的肌理和情节的来龙去脉，或是从主线故事中解脱一会儿的时候——也就是说，由于过度的线性叙事，一件事紧接另一件事鱼贯而下，故事开始令人厌烦的时候。一个外部事物当然本身就应该很有趣味性。正如一部非虚构叙事作品里的每一个元素，它至少应该起到两种功能，最好是不言而喻的。

有时候一个故事的几个部分必须是“漂浮的”。这是“在时间里漂浮”的简称。比如，你想要描绘一位教师的日常生活，可是要凭借自己在很多天里的观察所得。也许很多天里的很多部分都沉闷无聊，但是你绝对不想重蹈模仿的谬误。你当然可以让读者知道一天很沉闷，但是千万不可以让读者觉得你的文章很无聊。你不能误导读者，但可以相信读者的眼力。有时候，表明一个段落是漂浮的非常简单，只需要到从过去时态转换到现在时态，或使用“日复一日地”这类用语。

漂浮的事物经常起到“时间推移标志”的功能。这个术语听上去带有贬义，其实不然。“在这儿，我们需要一个时间推移标志”，如果托德想要表明故事需要放慢或加速，就会这么说。我在《宅屋》里写到的宅屋，木匠得花好几个星期才能造出框架，我特别享受这段时间，因为木匠看起来非常享受这几个星期，也因为施工现场弥漫着新锯木料的香气。最后，我大多用简洁的场面描绘制造框架的过程，辅以相关历史穿插其间，一切的用意无不是交代时间的流逝，而不必复制它。一个时间推移标志就是一种“让一些事情显得宏大，而其他事情显得渺小”的手段。在我们自己的专门语汇中，这也许是最重要的用语。使用一个时间推移标志可以创造令人愉悦的均衡，比如，在现实生活中，给一栋宅屋建造框架要耗费好几个星期，而一场热烈的讨论只持续几分钟，可是在文章里，传达前者精髓所用的篇幅比你用来描绘后者的要更少。

不得其所或不成比例的事物造成了一个“隆起”。回想当年托德手写评语的时候，每次在稿纸边沿辨认出这个术语时，我都觉得很郁闷。“‘隆起’这个词本来就很难听，可实际含义更糟，不是吗？”有一次，我问他。

“没错，”他说，“它不是你可以开车碾过的什么东西。它意味着一个故事里的这些元素互相没有关联，没有啮合，没有相交。所以它让你对故事结构的条理感到忧虑。”

“去除有倾向性的叙事”不仅可以纠正一个煽情剧风格的句子，还可以解决浸染整个手稿的语调问题。像“某人嗜血成癖”这样的措辞，除了其他缺点以外，还具有一种霸道的品质。可以把“去除有倾向性的叙事”大致翻译为：不要试图告诉读者该怎么感受。

“你得驾驭这个”差不多刚好意思相反。古谚“要展示，不要告诉”也与此背道而驰。关于这条谚语，我的大学老师罗伯特·菲茨杰拉德曾经说过：“这是一条很好的规则，注定要被打破。”驾驭某样东西意味着放慢一个重要场景的速度，使它比假设无关紧要的东西显得更重大，要做到这个，你要力图在故事里找到能够代表很多其他时刻的一个时刻。驾驭叙事也需要一种普遍化，一种总结性声明，却不让人觉得有道德说教的意味。托德把这种声明称作“妙文”，比如他会说“我们在这儿需要一句妙文”。多年来，他给我提供了好几条这样的隽语，我略加改头换面，有时候甚至原样照搬。比如，我的《老朋友》一书中说到一家养老院入住者的生活："访客们造成的问题在于：必须感激他们的来临，并宽宥他们的离去。"

托德告诉我，他认为编辑不应该替作家遣词造句。"我做过，可是并不喜欢那么做。"他说。

"可是我厚着脸皮从你那儿剽窃了一些话。你在谈话当中给我的那些。"

"这个嘛，谈话又是另外一回事了。"

"有什么不一样？"

"我不知道，"他说，"说起来有点神秘。"

多年来，托德督促我在一个故事的中段或接近结尾的地方，提供一个普遍化的时刻。"你到底想让我们对这一切作何感想？"在《大西洋》的岁月里，他会这么问我。我通常会有抵触心理，有时候还抗命不遵。很长时间以来，我一直假定，一个故事，即使是在非虚构写作中，也应该是它本身最好的解释。我仍然信奉这一点。托德也一样，他是这么表述这个问题的："你想要避免道德说教，或是一种极力主张某个论点的腔调，或是某种形式的寓言，在此人物成了思想的传声筒。"可是在某个时刻，具体什么时候我说不上来，我意识到他让我做的并不是道德说教，甚至不是插入妙文让全文生辉，而是一种领悟力的加深。我开始感到，叙事的成败取决于深埋在文本底层的普遍化，取决于建立一种观念的层级来充当故事的内在结构——要把这种观念的层级具象化，就像考尔德[①]悬垂的动态雕塑。

有时候，一个抽象概念可以引导对一个故事了无生气的部

① 亚历山大·考尔德（Alexander Calder，1898—1976），美国人，以发明动态雕塑著称。——译者

分进行修补。在《劫后重生的力量》一遍又一遍的手稿中，我反复改写对一位前修女的描绘，在我看来她是一个魅力四射的人物。这篇人物描绘每重写一次，篇幅都会加长。它占据了毫无生气的四十页，越来越让托德伤脑筋。他做到了既帮我估算这篇人物描绘的适当长度为十五页左右，又给我出了个主意防止它过度扩张。“聚焦于她的仁慈美德。”他说。两种指教通常都很管用。限定一段的长度会迫使你丢弃非本质的东西，知道核心思想是什么，告诉你什么部分应该保留、什么部分应该强调。

每个故事都有特殊的问题，这些问题通常都有名称，我发现这些名称让我安心——要是一个问题能够被命名，离解决办法就不可能太远。托德用术语“善行问题”来描述保罗·法默医生构成的难题。有时候解决办法也可以被命名。在写作《新机器的灵魂》时，我反复担心自己对于主要人物汤姆·韦斯特了解不足，此人特有的自命不凡使得他对于我以及他的电脑工程师团队都显得很神秘。不要紧，托德告诉我。部分通过意味深长的外部细节，部分通过其他人物对于此君的感受，还是可以把韦斯特栩栩如生地塑造出来。托德的原话当然是暗指菲茨杰拉德笔下如谜一般令人费解的书名角色：“没关系。你可以把他当成一个盖茨比来处理。”

我们俩如今在手稿上使用的暗语，保留了过去书籍和文章的一些残余。把明摆着出了大问题的事件说成“没什么大不了的”，让人回想起把这句话当作口头禅的那位小学校长，还有他在其中是次要人物的那本书。同样，木匠在完成了一件灵巧的细木工活后宣称：“完美或相当于完美”；19 世纪的建筑师作出的规划险些让一座建筑顶楼的窗户突出屋顶，他向建筑工人道歉："我犯了一个可悲的错误。"我们俩的谈话染上了怀旧情绪，或者说——我更愿意这么想——保留了一种延续感。我们以前"犯了一些可悲的错误"，"这没什么大不了的"，可是改正这些错误的方式在我们眼里总是"完美或相当于完美"。有时候，谈话的结束语是我昔日在艾奥瓦城听到的一句话，出自长篇小说家弗雷德里克·埃克斯利[①]之口。多年前的一天正午，这位仁兄在一家酒吧喝得半醉，对我说："艾奥瓦作家工作坊是一种逃避。用这种方式来逃避寂寞至极和严肃得要命的工作——潜心写作。"重复这个说法"好了，回到寂寞至极的工作去"，对我来说是取笑那些感伤情绪的一种方式，就好像我从来没有对这些情绪着过迷似的，并且要赶在我有机会再次对它们着迷以前。它们提醒我，潜心写作对我来说并非完全寂寞的工作。

对我来说，搜集素材和撰写一本书平均要花费大约三年，时间长得足以让每本书都好像在本质上就是一份职业。总会有这么一个时刻来临，我一边想着辞职不干，一边又害怕把工作给丢了。哪怕只是知道一本书何时才算写完，也值得有一位编辑。我们俩曾经在托德宣称一本书将近完成以后出去短程旅行，手提箱里装满了手稿，为的是不受干扰地工作。冬天缅因州的小客栈是最能出活儿的环境，最刺激的则是圣马丁[②]无上装海滩的一家旅馆。

为了对作品进行最后加工，我们设置了所谓的"警戒"。当

① 弗雷德里克·埃克斯利（Frederick Exley，1929—1992），最有名的作品是《球迷笔记：一部虚构的回忆录》（1968）。——译者

② 位于加勒比海东北部的一个岛屿。——译者

我改写和他重读的时候，我们留心被过度使用的单词和用语。在一本书里，“好吧”被列在监察名单上；在另一本书里，我几乎每一次描述故事发生的环境，都要用到“发出荧光的”。我们很久以前就一致同意，重复（简称为“reps”）会摧毁读者的信赖度，并不亚于诸如语调或结构上的缺点。在一个故事的所有问题里，重复是最容易解决的。我认为，对作品最后加工的重要性和通常要求作者付出的时间和力气恰成反比。

当清样来了以后，我们俩彼此高声朗诵书中内容，不时暂停下来想象负面的书评，这是一种幻术思维的练习，就好像某种想象的事情果真发生了，因为尽人皆知，命运憎恶重复。我以经过多年磨砺才培养起来的沉着回想起，一天晚上，他给我打电话，向我吐露坏消息说，一篇非常负面的书评刚刚发表了。他的原话是：“基德尔，有一篇书评我们忘了写下来。”

我假定在人际关系中，以下情形非常典型：在我们俩合作的头几年，我自认为对托德相当了解；到了现在，反而不觉得自己真的那么了解他了。比如，前几天他提到，搭顺风车旅行的时候，遇到一个我们共同的朋友。我大吃一惊。

“你居然搭顺风车旅行？”

“我过去经常搭顺风车旅行，”他说，“我曾经搭顺风车走遍全国。”

我无法调和涌入脑海的两幅画面：托德在我心目中的形象，永远是身穿皱巴巴粗花呢夹克衫的绅士农夫；他为自己描绘的这幅画面，则是在公路边竖起一只大拇指，向过往车辆示意要搭便车，虽说他承认自己没有背包，而是提着一个皮质旅行箱。

我当然觉得很好笑，逗乐之余，也隐隐感到一丝不安。对于他的写作，我抱有同样的感觉。他极少提起自己的作品，然后有一天，我无意中发现自己在阅读他发表在杂志上的一篇短文，这是一篇随感，写托德陪伴他的一个女儿游览大学。我读到了这样的文字："我们和导游见面，接下来导游问我们是否知道她的名字：'嗨，我的名字是梅莉莎吗？'"

这种感觉就好像在一个外国城市的茫茫人海里，听到了一个非常熟悉的嗓音。就好像他秘密过着另一重生活。不错，我知道他是一个天生善于保护隐私的人，可是当然，秘密生活主要是我的臆造。我用有限的视角看托德，又在这上头投入了时间和情感。多年来，我一直"把他当成一个盖茨比来处理"，虽说无心，却也未尝不是有意。

很长一段时间以来，我们俩一直扮演着这样的角色：一个是放浪形骸的作家，另一个是稳健扎实的、麦克斯·帕金斯[①]式的、本身没有文学抱负的编辑。或者更准确地说，我出演了那种老一套的规定角色，而他，在我看来，不过是顺水推舟地附和我。我倚赖这种角色扮演带给我的好处——和一位编辑间至关重要的关联，我可以大致合理地认为，这位编辑几乎总是代表了正确的意见；还有一份长者叔伯式的友谊，他刚好具备我缺乏的许多品质，因此我无需再去一一培养它们，在这些品质当中，最为重要的就是节制。

需要编辑的作家们必须学会倾听，真正地倾听没有人希望

① 麦克斯·帕金斯（Maxwell Perkins 1884—1947），美国出版史上的传奇文学编辑，曾发掘并扶植海明威、菲茨杰拉德、托马斯·沃尔夫等作家。——译者

听到的建议——你应该扔掉辛辛苦苦写出来的稿件，从头再来。可是一个编辑如何传达这个建议，会使得一切截然不同；不管怎么说，在我这里，情况是这样的。每一件作品，哪怕是经典著作，都可能受到讽刺挖苦，对于新生作家的新生作品尤其不利。艾奥瓦这类地方的危险之处，就在于过早发展自我批判的能力，并丧失了每个作家都需要的无端的自信。至少对于我们当中的一些人来说，有人宣告我们的一篇作品很烂，就等于宣告我们是很烂的作家，因此也是有缺陷的人。几十年前，《大西洋月刊》的总编辑鲍勃·曼宁草草地给托德写了张条子，说的正是我："我们得承认事实，这小子不会写东西。"可是直到最近，托德才把这则轶事告诉我。我猜他觉得到这时，我终于足够稳重，受得了这种打击。

他从来没有当着我的面尖刻地批评我的作品。我猜，他总是设法做到实话实说，可是会分阶段逐次进行。对于一篇非常粗略的初稿是"不错，接着写下去"；接下来，对于一篇更新的手稿是"唔，基德尔，这个有进步"。有一次他说，他觉得一位作家——我认为他说的是我——应该学会带"一点客观"来审视自己写下的东西。这么说自有其道理，可是我认为保留作家和作品之间距离的技巧，编辑比作家更加需要。

编辑在适应作家们时常麻烦的个性的同时，还要适应自己的个性。托德的身上有样东西，让他从来不痛痛快快地表达热烈的情绪，至少不在公共场合。我辨出了这种矜持，虽说自己并不经常仿效。我是在这种矜持的氛围中成长的。随着年岁的增长，我越来越觉得托德式的含蓄内敛富有魅力。无论起源是什么，通常它都作为一种社交礼仪的形式发挥作用；在被编辑的特殊领域内，它有显而易见的价值。除此，它还让你确信，你的编辑说的至少都是真心话。

我喜欢回忆我们俩一起合作的第一本书《新机器的灵魂》。不仅是书本身，还有写书的岁月，特别是最后阶段。我们花了大概一个星期，也许是两个，在托德的《大西洋》办公室里完成书稿。我热爱那个破旧却还要摆出绅士派头的地方，特别是下班以后。有时候晚上我待在那儿写一篇文章，会趁着短休的间歇，在编辑部大楼里游荡。当时这个地方绝对静寂，感觉在时空上很浩瀚，夜班警卫的大麻烟雾从地下室里升起。我会游荡进一间办公室，凝视装在镜框里的信件——全都出自在《大西洋》发表过作品的作家手笔，仔细端详吐温和爱默生、梭罗和华顿①的签名，同时做着美梦。

回想起来，当时电脑还没有代替打字机是件幸事。当《灵魂》的手稿被改写到足够完善，可以被当作一本书的还算不错的仿制本时，托德和我把几个部分摊在他办公室的地毯上，就像我们过去有时处理文章一样。壁炉两侧有高高的窗户，透进的天光足以照亮成堆的打字稿。当我们活似一对格列佛②在纸堆间行走，将书稿在地板上摊开本身就平添了距离和控制的幻觉。在很多个下午，喜力啤酒帮我们渡过重重难关。这玩意儿究竟应该从哪里开始？是不是不成比例？我们凭什么给那个十三页，却只给这个两页？时不时地，托德从地板上拾起两三页稿纸以便进一步细读，对于我长期赞赏、认为美不胜收且不可或缺的

① 伊迪丝·华顿（Edith Wharton，1862—1937），美国作家，代表作有《欢乐之家》（1905）和获普利策文学奖的《纯真年代》（1920）。——译者

② 爱尔兰作家乔纳森·斯威夫特（1667—1745）经典讽刺小说《格列佛游记》的主人公和叙事者。——译者

某段，说出下面这番话：“这段可有可无。”就是在这个时候，我开始学到一种对我来说需要不断重新学习的技巧——怎么样才能对自己的文字忍痛割爱。以及怎么样才能撒手放弃一些讨人喜欢却与全书格格不入的文字，要做到这一点当然要困难得多。

到我们大功告成的时候，托德的办公室闻起来有点儿像一辆老计程车的内部，可是壁炉里仍然躺着灰烬——我想那是晚冬——杂酚油的气味缓和了我抽个不停的香烟的臭味。他摞齐破破烂烂的终稿，把它放在自己的办公桌上。“好吧，基德尔，这是一本相当不错的书。”高度赞扬，我从来没有从他那儿听到过这么高的评语，也是我想要听到的评语。一两周后，高兴劲儿逐渐耗尽，我开始想知道他认为我下一步应该做什么。对我来说，从那以后，再也没有什么大的变化。

编　辑

——托德

1969年秋，我来到《大西洋》工作，三四年后，基德尔进入了视野。在他的记忆里，当时的我乡绅派头，令人景仰，有点儿乖戾。在我自己的记忆里，我是一个身材瘦削、书生气十足、踌躇不决的年轻人，我认为一个客观的旁观者当时会站在我这一边。

能够加入这家给人留下深刻印象的杂志社，我不禁有些飘飘然，可是这份工作和同事们也让我感到胆怯。所有的杂志社都施行独裁制。在时代公司成功做出一番事业又在国务院担任了一届新闻发言人以后，罗伯特·曼宁成为这家杂志社的统治者。他待惯了有重大事件发生的地方。他给通知书签名，用的是一个硕大的 *M*（编辑部的规矩是，除了他以外，我们签名必须使用完整的小写的姓名词首字母）。迈克·詹韦担任曼宁的二把手，正是他给了我这份工作。在詹韦下面，迈克·柯蒂斯和我在刊头占据了平行的两极。通行的是一种严格的等级制度。在一个圣诞节社交聚会上，一个顽皮的女秘书朗读了自己的打油诗，对关于卡伯特家族和洛厄尔家族的波士顿老歌谣进行了滑稽的模仿："向波士顿的《大西洋》敬酒/豆子和豆荚的故乡/在此托德和柯蒂斯只跟詹韦说话/而詹韦呢，只跟鲍勃说话。"[①]

态度生硬、动不动就发脾气的曼宁投下了一道巨大的阴影，可是在某种程度上，我的恩主詹韦更让我感到胆怯，他和我恰好是同辈人（后来成了我的好朋友，一直到现在都是）。他上的是哈佛，（他屡次提醒我）是个比安默斯特[②]更好的去处，在波士顿这一说法尤其千真万确，在这儿哈佛占据的地位，正如俄克拉何马大学在诺曼[③]占据的地位。詹韦对大千世界的认识比我丰富得多，而且他的知识形成了一种政治哲学体系。他在参议院工作过，做 L. B. J.（林登·贝恩斯·约翰逊总统）的助手。他

---

① 鲍勃是罗伯特的昵称。这首诗戏拟著名的《波士顿祝酒词》："向美妙的老波士顿敬酒/豆子和豆荚的故乡/在此洛厄尔们只跟卡伯特们说话/而卡伯特们呢，只跟上帝说话。"卡伯特家族和洛厄尔家族属于"波士顿的婆罗门"，即在北美洲最早建立殖民地的英国新教徒绅士阶级移民的后裔，形成了波士顿传统的上流社会，家族成员往往保留传统的英国口音、习俗和着装方式，多上哈佛大学。一位哈佛毕业生 1910 年作上述打油诗，揶揄了这个特殊的社会阶层。——译者

② 全美数一数二的文理学院，位于马萨诸塞州安默斯特镇。——译者

③ 俄克拉何马州第三大城市。托德提到这个大学，大概是因为《大西洋》的总编惠特沃思毕业于该校。——译者

才华横溢，人脉充裕。要是把他比作一个物件的话，会是那些布满电线的老式电话总机，大多数电线都插进了纽约或华盛顿。一次，我从办公桌上抬起头，看到身躯庞大、气质庄严、白发苍苍的迪安·艾奇逊[1]由詹韦陪同，就好像一尊雕像被装在轮椅上，沿着一家博物馆的走廊推行。

我受过的教育都是偏文学的。为了掩饰自己对于世界的无知，我认为所有的政治运动都不是（天知道系动词该用单数还是复数?）狭隘的，而是庸俗的。我将文学批评的条件反射应用到差不多一切事物上头，好让自己漂浮着不至于沉没下去。我对于文章的风格有着极度一丝不苟的眼光，教育和天性注定了我会具备这种特质。就现状而言，我觉得自己的眼光相当敏锐。我没能把任何一位大人物带进杂志社。我的财富看来完全在于修改文章的能力和写在黄色“评语单”上的批评意见，这些单子在审读手稿的编辑当中流通。我没有任何特定的信念，却逐渐了解到杂志社所代表的中间偏左派自由主义的固有调门。等到基德尔出场的时候，我已经升职，坐在整个职业生涯中最棒的办公室里，这间房间曾是大楼的图书馆，俯瞰马尔伯勒大街。它一度是查尔斯·莫顿的办公室，在 20 世纪四五十年代，此君是杰出编辑爱德华·威克斯深为喜爱的副手。当我开始感到待在那儿很舒服的时候，一天，在楼梯上遇到了一位在杂志社工作多年的女士。她说：“哦，你好！我知道你是谁。你就是坐在莫顿先生办公室里的那个小伙子。”

为什么从记忆里召唤往日的一张面孔这么难？当我试图想

---

① 迪安·艾奇逊（Dean Acheson，1893—1971），在杜鲁门任内任国务卿（1949—1953），是制定美国冷战时期外交政策的关键人物。——译者

象基德尔当年的模样时，第一眼看到的是蓝色条纹的泡泡纱夹克衫，穿在物主身上小了一号，需要到洗衣店走一趟。他个子很大，六英尺好几，瘦瘦的，但是肩膀以下体格结实。他在高中的时候打过橄榄球。我的意思并不是说他自吹自擂这一事实。我是后来才听说的，可是并不难想象他在赛场上的英姿。他的手势幅度很大，习惯在解释一个想法的时候挥动手臂，不管他在哪儿，环绕他的空间看来总是太小，容纳不下。多年来，我不止一次指责他不是端坐而是跌落在椅子上（特别是在我刚好对所说的椅子很喜爱的情况下）。这么说可能会让人想到一个飞扬跋扈的人物，可是根本就不是这么回事。他看来对自己的个头和力量毫不在意，说话的时候有点儿口吃，偶尔摘下眼镜、暴露出两圈没有晒黑的皮肤时，会用近视眼特有的方式眨眼睛。最重要的是，他看上去极度害怕冒犯别人。

我相信，就像他暗示的，有那么一段时间，我在他生命中的重要程度超过了他在我生命中的重要程度，可是正如人们所说的，这种情况注定要改变。那时闲暇之余我并不种南瓜，可是现在我种了。植物刚长出来的时候很小，接下来藤叶开始蔓延，一天覆盖了整个菜地。基德尔在杂志社以及最终在我生命中的存在，就像南瓜藤一样。他不断扩张，很快就让人难以想象没有他的世界。他变成了一位事实上的特约撰稿人，却不拿薪水，他愿意承担任何的艰巨任务。在一起共事的过程中，我们成了亲近的好友。

表面上看，我们俩的性情截然不同。基德尔天生就善于公开表露他的焦虑，这使我有机会假装镇定，虽说我难得如此感受。我们有一些共同的恶习和一些超出文学以外的兴趣，特别是航海。他可以在夏天的一个星期里使用父亲的帆船，我们带着太太和另外一两位朋友，多次短程巡航。基德尔是优秀的航海者，这意味着你尽可以在船上悠哉游哉，知道船长不大可能危及你的性命——在我的航海生涯里，情况并不总是如此。你可以悠哉游哉，可是他天生焦虑，他经常慌张得不知所措，给客人们平添了很多笑料。有一次，从缅因州的达马里斯科塔河出来，我们一头撞进了明显的变向风，差不多六分钟内，换了六次船头的三角帆。那些日子以灌啤酒而闻名，可基德尔是人们口中的“杂饮动物”。他在下锚前的一天当中来几瓶啤酒、一些可乐、冰咖啡和一两瓶姜味汽水，是常见的事。下锚以后，拧朗姆酒瓶盖和拔葡萄酒瓶塞才安全。在我们的第一次航程中，才过了一天，就必须重新补充给养，结果我承担了给航船供应必需品的任务。

尽管行事风格上有所不同，我们却共享着这个时代的男人通用的一条社会准则，即在吐露秘密或坦白心事上，既不期望从对方那儿得到很多，也不想向对方提供很多。我们的对话大多由亲切友好的侮辱构成。人们经常悲叹这种存在方式，可是作为持久友谊的一个基础，它并非一无是处，至少在你有时间的情况下是这样，结果我们有几十年的时间在一起。

作家都是恶棍和酒鬼，而编辑能够施加让人变得稳重的影响——这种约定俗成的观念经常受到生活的修正。我还记得一位从纽约回来的作家，前一天晚上刚和他行为不端的编辑待在一起，分手时不得不把烂醉如泥的后者塞进一辆计程车。作家对这一幕相当失望。他觉得根据文学传统，自己才是有资格喝个烂醉的一方，事前还一直期待着这一幕的发生。在我们俩的情形里，基德尔可能是比我更多姿多彩的酒徒，可是对于杯中物我们都不是生客。

不错，在那些时光里，基德尔确实佯装某种放浪形骸和不修边幅的做派。可是，和霍尔顿·考尔菲尔德“暗地里是个邋里邋遢的懒虫”恰好相反，他暗地里做事井井有条。比如，他从来没有误过截止期限，还具备对作家非常有益的一种美德，一种他从未丧失过的美德：一颗执着的心。从一开头就很清楚：他会成为一名作家。能不能大获成功，谁又说得清呢？可是成为作家是毫无疑问的。多年来，人们有时候问我，要“怎么做”才能成为一位作家。回答这个问题的时候，听上去我犹如一名篮球教练在谈论“渴望赢球”。可是说实在的，答案就在于，看起来无法想象自己会做任何其他事情，因为任何其他事情都要容易得多。想让基德尔知难而退是不可能的，即使想尝试，也是没心没肺的。

我们俩揶揄过基德尔最早期的作品，包括第一篇杂志文章的手稿和那耸人听闻的新闻线索，夸张至极的长篇小说《艾弗利·菲尔兹》尤其让人忍俊不禁。可是回想起来，这些不太成功的尝试不无启示作用。为什么事实表明，他的第一篇文章反复修改却难见起色？选连环杀人案件作题材，本身并没有错。对于某些人来说，这是一个很棒的题材，可是却不对基德尔的路数。从本质上说，这个题材无法让他产生兴趣。在我读了《艾弗利·菲尔兹》好多年之后，当嬉笑逐渐平息的时候，我发现自己在思考书中的一句话，这句话事实上相当有预见性。作者这么描写他的主人公，年轻的陆军中尉：“他为人善良，他会变得勇敢，黑夜泼溅在他身上。”是的，说者无心，听者却感到好笑，可是我后来意识到，基德尔从一开始就具备一种对作家来说相当不同寻常的兴趣，对于美德的兴趣。比起罪恶来，这个题材的难写程度简直不可以道里计。一条善行懿德的明亮线索贯穿了他接下来的很多本书。

正如我所说的，这不容易做到。直到他写《越过一山，又是一山》的时候，我才把这种情况称为“善行问题”。我们当时没有马上意识到这个主题，或者心执，或者本能——叫什么都行——这样也好。虽说如此，它还是编辑应该寻觅的那类东西。编辑要通过留心作家的天然界限、内心版图和真正兴趣，来为他效劳。

我认为基德尔的写作对象凭直觉就能领悟到他的癖性。当某人在寻觅你身上的善行懿德时，每个人都感觉得到，这使得人们愿意敞开心扉，接受提问，以至于不但泄露了善行懿德，还泄露了别的东西。作为一种新闻调查策略，这种方法比某些采访记者刨根究底甚至审问式的打听要有效得多。可这不是一种策略，而是一种看待世界的方式。

当我们俩开始合作杂志文章的时候，我根本就不知道会有什么结果，可是回想起来，这为我们合作出书提供了完美的准备阶段。我不知道我们俩的关系是否算得上独特，可是我从来没有碰到过另一个类似的情况。写书计划刚一开始，构思还处于萌芽阶段，我们俩就一起合作，这种过程对于作者的要求比对于编辑的更高。作者必须抛开本能的自我保护，任何作品在早期阶段都会激发这种心理。一个“脸皮厚经得起批评的人”并不是一开始就能描绘必要的美德。本质上，这是一种慷慨大度的行为。编辑只需要表现得圆通一些，愿意反复审读稿子。

这种方法的好处非常大。编辑对参与作品的构思感到满意，因此承担起一些责任，当有时间施加影响的时候，就会卷入其中。我认为自己这辈子没有多少足资垂范的亮点，可是这种工作方式值得作家和编辑们效仿。它并不是最容易达成的安排，实际上，我们堕入其中，仅仅是通过一种个性、境遇以及幸运的互相啮合——我指的是，基德尔《新机器的灵魂》一炮而红。

人们频繁地听到抱怨说“编辑们不再编辑文章了”。的确，假如编辑们在签有合约、未来两三年或三四年内不会面世的图书上花费大量时间，出版业可不会奖赏他们什么。不管怎么说，在大多数出版社里，压力在于看准有创意、看来前景不错的选题就签订合约，并且保持这种势头（还有参加销售和市场营销的会议）。在这个意义上，编辑类似于风险投资者，他们的主要任务就是慧眼识珠，并将其推向大众。

对于编辑来说，存在两种快乐。一种是获取，收藏家的快乐。另一种，是同作家一起合作。这种区别，就好比购买一辆保养得崭新的古董车和购买一辆需要修理的古董车。在更大程度上我就是那位机修技工（这么说有些奇怪，因为除了文字制成的东西以外，我什么都修不了）。可是收集和赞美型的编辑经常比机修技工型的更擅长推销图书。当然作为作家，你真正想要的，是两个方面都很在行的编辑。

如果说有些编辑并不真正喜欢编辑作品，那么同样，作家有时候会抗拒编辑工作。每当书评家说“这本书需要一位编辑”的时候，我总是皱起眉头。通常的情况是，这本书确实有一位编辑，可是作家占据了上风。有时候，书很晚才来到编辑的案头，编辑来不及做出实质性的改善。作家写得精疲力竭并忠于自己的错误，出版日期已经定好，无论从哪个方面来说，确实是来不及了。重申一句：作家应该争取在写书的早期，就让编辑参与其中。如果编辑抗拒的话，那么就算了，你拿他没什么办法。你不会想要敷衍塞责的参与。你想要时间和精力的投入。

我编辑过一位科学和医学名家的作品。由于不太懂他写的议题，每次读他的手稿，我都在学习。尽管如此，有时候我还是发现，在他论点的内在逻辑方面，我与他存在争议。一度，他看来加入了一种“科学的谬误”，即把对物理过程的理解看得高于道德或情感的理解。如果能够发现犯罪行为的神经系统路径，难道你对罪犯的了解就超过了陀思妥耶夫斯基？不是的，你只是了解某种不同的东西。我指责我的朋友犯了“科学必胜主义”的毛病，这种说法至今还横亘在我们两人之间。最理想的编辑工作，涉及编辑和作家之间的智力交锋。

最糟糕的编辑工作更像是战斗。作为一位年轻的杂志社编辑，我一度和一位凶猛的调查记者共事，他干劲十足、激情四射，但说话含沙射影、夸夸其谈。有一件事，被我彻底搞砸了。很多细节我都记不起来了，不过我还记得自己在一家旅馆房间里喝得烂醉，他的手稿摊得满床都是，我睡着了，没办法改稿子。有时候编辑工作成了对智力和个性的双重考验。在这件事情上，两方面我都搞砸了。我没法在脑子里厘清手稿的问题，也无法面对自己无法解决这些问题的事实。更糟糕的是，我缺乏直面他的力量。有时候编辑必须告诉作家：“听着，你写的我没看明白。你带我一步步地过一遍吧。”我记得最清楚的，就是他描述怎么要手段，让一个消息源开口：“于是我给他打了电话，告诉他的秘书：‘好吧，要是他不肯说，就告诉他，我会把吮鸡巴那个段子登出来。’”这个令人沮丧的片段对作家没有什么指导意义，可是编辑却可以从中学到很多东西。你必须承认手稿里有些地方让你看不明白，必须回到作者那里。你不可以想当然地假定，凭一己之力，你就能够修正不对头的地方。

人们是怎么进入这个行业的？某次会议上，我曾经和另外一位编辑同在一个专题讨论小组，她说得最妙。当被问到为什么进入出版行业时，她答道：“这个嘛，我只是真的喜欢作家罢了。”

想象一下，喜欢作家！我的意思是，把作家当作一个社会阶层来喜欢！撬保险箱的窃贼，玩杂耍的人，或是牙科卫生员，当然没问题，可是喜欢作家？作家天生就是自恋狂。我指的是临床意义上的，而不是日常用语意义上的“自我中心主义者”（他们也可以成为自我中心主义者，可是只有一次，我在听一位作家的电话时睡着了）。在某种意义上，他们必须是自恋狂，至少在工作的时候是这样。若觉得自己的写作计划极有价值，专注和自信是不可或缺的，要保持这些，一般来说需要在一定程度上曲解现实。这就好比你必须把自己的作品想得比实际更有价值，只有这样才能让它看起来物有所值。客观地看待事物，或平衡的人生观，是一种美德，往往能让一个人讨周围人的喜欢，可是对于一位正在写书的作家，却可能意味着死亡。

编辑是一种妻子般的职业。这是一种令编辑们忐忑不安的想法，对于男编辑必定是，在一种不同的意义上对于一些女编辑也是如此。不过编辑工作的确包含了刻板形象中非常女性化的技巧：倾听，辅助，凭借直觉。还有，编辑说话喜欢含讥带讽和拐弯抹角，就像妻子一样。当男编辑盛气凌人的时候，很可能是因为怨恨自己的女性化角色（他们不应该把怨气撒在作家身上，而需要通过其他渠道来宣泄男子气概的冲动，就像高空跳伞、一级方程式赛车什么的）。无论作家多么踌躇、胆怯和缺乏自信，在同编辑的关系中，他们一直是男子汉式的刻板形象，不论其性别如何。作家发出声明。编辑对此做出反应。

编辑和作家彼此需要。在终极意义上，编辑更需要作家，反之则不然，编辑们把这一点牢记心上，是一种聪明的做法。

这两种角色我都扮演过。我是一个自己也写写东西的编辑——做自恋狂还是贤内助，取决于在一周的哪一天工作。编辑们无不从T·S·艾略特的评论中受到鼓舞："有些编辑是失败的作家，可是大多数作家同样如此。"写东西对于你的编辑工作既有好的影响，也有坏的影响。当你行使编辑大权的时候，看似根本无意冒犯作者，可是被人编辑让你对编辑插手可能造成的痛苦更加敏感。另一方面，如果你把自己当成作家，那么可能动不动就设想，对另一位作家问题的解答，就是你自己的生花妙笔。

我的大部分作品（还有我的许多编辑工作）都是为各种杂志做的。我在两位才华横溢的杂志编辑手下工作过，他们的天才主要不是逐行编辑文字，而是构思和果敢——愿意相信作家，愿意他们的作品出人意料（即使因此让广告客户感到意外，也在所不惜）。相形之下，为平庸杂志工作的经历可能令人沮丧。作家很不希望从杂志编辑那里听到这样的评语："我们非常喜爱你的作品。不过我们有几条建议。"这经常意味着一次彻头彻尾的重写，而作家早就这么做过了。

无论在哪种媒体工作，编辑都应该避免改写原稿，如果他们果真试图这么做，那么作家就有理由抗拒。出自编辑之手的修改从来都不如作家自己动手来得有效。如果编辑确实要添加文字，那么应该尽量保持作者的行文风格和惯用表达，本着你曾在干洗店看到的那些告示的精神："看不见的织补。"危害一篇作品，最稳妥的方式莫过于把自己的风格强加给它。

编辑们需要对手稿、图书或是文章抱有一种鲜明的层次感。在卷入细枝末节前，他们需要首先看清结构和整体。当编辑一开始纠正逗号或建议小的删减，而作品的真正问题在于组织、策略或视角的层次时，作家应该保持警惕。写作中的大多数问题都是结构性的，即使在一页纸的规模上也是这样。有一样东西流动不畅。不合逻辑或戏剧性逻辑。在理想情况下，编辑可以用作家做不到的方式听清和看清文章。注意到问题就够了，试图自己解决则更佳。有时候你只需要在一个有问题的段落旁写上"语调"，作者就会重新聆听这一段，意识到有个音符听起来很刺耳。

鲜明的层次感在编辑工作中格外重要，因为作家还得在细枝末节上倾注心力。作家，特别是写作新手，有时候会说："我巴不得您马上就在我的手稿上圈圈点点。"这么说听上去很大度和变通，说者也是语出真诚。可是这类话通常让我感到有点儿落入圈套，甚至感觉受人摆布。在一部手稿上写下铅笔评语，就是对它表示公开赞同，就是说它只需要"一些修补"，可事实上它很可能需要全盘的重新思考。我想要这么说，有时候也确实会这么说："这个嘛，让我们看看它是不是准备好了被圈圈点点。"

和许多作家一样，基德尔声称初稿是最难写的。这一点从来没有得到过我的充分理解。写初稿是这样一种场景：把你所有的精彩想法散播到稿纸上，不必受最终定稿的可怕限制，那种直面现实的承认，一切都在你写出来的东西里面，此外再无其他。不过，也许问题在于你给自己强加的约束，在于你所说的“初稿”是什么意思。如果它不只是对笔记的详细发挥，如果它要奋力表现秩序性，那么是的，写一部初稿足以令你畏缩。基德尔在自己身上玩的诸多头脑游戏之一，就是有能力假想他的初稿就是定稿，尽管他头脑里的另一部分完全知道它会被大改特改，甚至还可能被整个删除。

基德尔曾经指责我总是虚情假意地赞扬初稿。不错，开始阶段的赞扬对我来说几乎是一种本能反应。可是赞扬不完美的东西未必一定没有诚意。事实上，这样做有时候比作家意识到的更加真诚，一种不同意义上的真诚。我喜爱的可能不是我看到的东西，而是我想象到的东西。你必须预见一篇作品的潜力，潜力有时候比现实更加激动人心。埃米莉·狄金森的诗行“我居住在可能性当中，/一栋比散文更美的宅屋”是所有编辑的座右铭。

在我所认识的作家中，没有人在修改文章的时候像基德尔这般精力饱满，甚至热情洋溢。能够把你自己辛辛苦苦制作出来的作品完全看作暂定的，是一种了不起的能力。我们通过修改学到的东西，其中最重要的，也许就是牺牲的概念。有时候段落，甚至章节、人物或主题，虽说本身绝对完美，却必须为了作品的整体利益被舍弃。

一切优秀的作品，本质上无不是与难以言传的事物进行较量。每个精彩段落都会保留一些不明确说出来的东西，所以本来就不容易理解。可是你不想让它变得不必要的费解。一个编辑能做的最好的事情，就是帮助作家思考，这是编辑工作中最令人满足的部分，与作家在结构和思想的层次上合作。

基德尔和我多年来制定出的工作程序，成了一种巨大安慰的来源——我认为，对我们两人都是如此。最终高声朗读的仪式有一种特别的意义。我知道，出于可以理解的原因，在作家和编辑当中，这并不是普遍的惯例。人们在使用这种方法的时候不免忧虑不安。它无疑很磨练人。作家无法逃避自己声音的声响，作家也好，编辑也好，都必定遭遇各种错误，这些错误一直以来都一目了然地潜伏着，现在突然变得明目张胆，让人深觉汗颜。尽管最终纠正它们会令人满足，可是你知道另外一个大错仍然隐藏着未被发现。所有的书都是不完美的。约翰·厄普代克曾写道，他一辈子都享受从出版商那儿收到自己首印新书时感受到的那种愉悦，他说，这种愉悦会持续下去，一直到你发现了第一个排印错误。在我们俩工作进程的某一点，基德尔很可能会援引梅尔维尔的名言："整本书只是手稿——不，应该说是一部手稿的手稿。"然后，我可能紧接着引用那个段落里自己最喜欢的一句："上帝老是不让我完成任何东西。"①

在出版一本书的漫长过程和从事一门职业的更漫长过程当中，我们俩有过争执，甚至偶尔惹恼过对方（私下里也冲对方翻过一些白眼）。可是我们从来没有互相说过气话。我揣测，我

① 出自《白鲸记》。——译者

们俩从小就被教育要讲礼貌，这确实起到了作用。不过我们也忠实扮演着各自的角色。

直到最近，我们才尝试着互换角色。

在我们交往的后期，合作了将近三十五年之后，我写了一本名叫《事物本身》的书，号称是文化批评。这本书确实是文化批评，可是越接近结尾，就越个人化，部分是随笔，部分是回忆录。我把手稿交给基德尔，请他品评。几天后他返还了稿件。我打开手稿后，看到他醒目的手迹——又大又清晰好认，完全不像我习惯写下的字迹潦草的评点——正雄赳赳气昂昂地穿行过一页页稿纸，留下各式各样的短信息，每一条都特别直言不讳。他最让人记忆深刻的忠告，就是“把这个扔进屎盆子里”。三个星期后，我才彻底缓了过来。

更加微妙的指示的确发生过。比如，我写到自己为一样东西感到“荒谬可笑地骄傲”，事实上为这样东西感到骄傲非常荒谬可笑。基德尔在“荒谬可笑地”这个词上面画了个圈。我盯着看，然后就明白了。我在乞求读者的同情心。这个副词在请求读者原谅形容词所坦白的东西。“荒谬可笑地”被删掉了，整个句子变得更加有力。

可是，直到我们俩写作本书进入深入阶段，我才完全领会到角色互换的超凡力量。基德尔试图哄我修改一段文字，他援引济慈对雪莱关于避免过度的忠告：“收敛一下您的宽宏大量。”[①] 在基德尔看来，我的问题刚好相反：悭吝。惜墨是我的

① 见济慈 1820 年 8 月 16 日致雪莱书信：“我敢肯定您会恕我直言，您不妨收敛一下您的宽宏大量，表现得更像个艺术家，在您主题的每一个罅隙里装载矿砂。”——译者

一贯风格，他试图让我给一个写得不够丰满的段落充实血肉。“释放一下您的宽宏大量。”他说。

噢，兄弟！我们俩已经达到了这样一种境界：一个人听到了自己的声音。

用法释义

1859 年，拉尔夫·沃尔多·爱默生写道：“千万别用 development（发展）这个词。类似的危险词语还有 display（展示），improvement（改进），peruse（阅读），circumstances（情形）等。”①

这些词经受住了这位大人物的藐视，至今还活着，不过他对“peruse”的嘲笑很有可能是对的②。一代有一代的用词时尚，也有强烈反对这些时尚的批评家。有些用法，尽管看起来极其令人厌恶，却被吸收进语言中，没有惹出什么麻烦；其他的则逐渐灭绝。爱默生之后的一个世纪以来，很多人对“finalize”（把……最后定下来）的传播忧心忡忡，可是那种流行病逐渐消退，这个词如今看来不再引起太多担心。与此同时，“hopefully”（但愿，比如说，“但愿事情会有转机”）让批评家们陷入了快乐的愤慨。斯特伦克和怀特嗤之以鼻地说：“这个词不但是错误的，还是愚蠢的。”威廉·津瑟称之为“暴行”③。据说它在语法上是不正确的，是一个“放错了地方的修饰语”。实际上，在它受争议的用法中，“hopefully”充当了一个句子的副词，这个词修饰的是整个句子，而不一定是跟在它后面的词。它的用法和“seriously”（你不是逗我吧）或者“frankly”（说实在的）没什么两样。没有明说的反对“hopefully”的理由是社会性的，这是一个品味的问题。高人雅士不过是不喜欢当时还算新用法的那个词语的声音，特别是因为俗人伧夫们显然非常乐意使用它。今天，很可能是因为堆积在它头上的坏名声，使用“hopefully”的人看来比以前要少，而在乎这件事儿的人看来甚至更少。

人们喜欢看不起一切新词，可是许多只不过是反映了世界变化不居的特性。以下这个句子来自 2011 年的新闻，要是换了十年前，人们一定读不懂：“克里斯托弗·李，一位来自纽约州北部地区、处于第二届任期的共和党参议员，在掴客网[④]曝光其性丑闻之后引咎辞职。网站揭露，他把自己的不雅照片和不实信息发给一个通过克雷格清单网[⑤]联络上的女人。”你可能会哀悼一个逝去的世界，那时各家公司的名字犹如巨型海轮。现在它们的名字听上去像是洗澡玩具，比如 Yahoo! 或者 YouTube，

---

① 出自爱默生散文《艺术与批评》。作为诗人，爱默生不喜欢用带学究气的拉丁语源词，而是喜欢简单而形象的词语，比如用“unfolding”而不用“development”。——译者

② 根据《韦伯斯特词典》，“peruse”长期以来都是一个文学用语，不但出现在莎士比亚、丁尼生和哈代的著作里，即使在当代也往往保留了一种文学色彩。它的意思可以是“细读，精读，熟读”，源于拉丁词根“per-”（贯穿的，全面的），但是也可以和广义的“阅读”（read）同义，这种用法被塞缪尔·约翰逊 1755 年编成的《英语大辞典》收录。一些评论家认为，“peruse”应该只保留前一种用法。可是事实上，大众不顾权威反对，照样经常在可以和“read”互换的意义上使用“peruse”，意思可能是精读，也可能是快速浏览。——译者

③ 威廉·津瑟（William Zinsser，1922—2015），美国作家，以畅销书《写作法宝：非虚构写作指南》而闻名。见朱源中译本，中国人民大学出版社，2013。——译者

④ Gawker. com 是美国著名的八卦网站。站名的意思是“拉长脖子傻看的人”。——译者

⑤ Craigslist 是美国人克雷格·纽马克于 1995 年创办的大型免费分类广告网站。很多人用它的人事栏目来寻找约会或艳遇对象。——译者

可这就是它们的名字，你有什么办法！To Google（将字词键入谷歌的搜索引擎进行搜索）已经进入了日常语言，用带有反语意味的引号反而显得矫揉造作。

英语在不断变化。智者无不顺其自然。可是即便他们不声不响这么做，所有的作家和大部分读者仍然会对某些词和短语充满厌恶。即使承认今天的义愤填膺到了明天就会变成耸耸肩膀，我们仍然会这么做。以下是 2012 年前后的一些用法，我们乐于将这些用法从语言当中剔除。

• “Going forward”（在不远的将来）。1990 年代的某个时段，很多美国的公司雇员和专业人士看来厌倦了“in the future”（将来）（还有“someday”［有朝一日］，“soon”［很快］，“later on”［以后］，或是不加修饰语的将来时态），开始用“going forward”作为替代。这个词可能会活下来，可是这么说仍然带着一种过分乐观的口气，一种对于五年计划的信仰。

• “Proactive”（先发制人的）。这是一个新词，一个让人讨厌的新词。更让人讨厌的是，它是对一种特性的简洁命名，要不然这种特性得用好几个词才能表达出来。看起来它让作家和一个充满了各种委员会和政治目标的世界结盟，正如“stakeholder”（利益相关者）、“planful”（有计划的）、“impactful”（影响很大的）这些词语。

• 某些名词被用作动词：“parent”（“父母”被用作“养育”），“access”（“进入或使用的门路”被用作“进入或使用”），“impact”（名词“影响”被用作动词“影响”）。还有一些名词被重新改装成动词，比如“incentivize”，或仅仅是“incent”。[①]

· “Grow”用作“发展”，比如“发展业务”（to grow one’s business），这种词语自成一个类别。为什么“grow”看来可以用于“种植玉米”，却不可以用于“发展经济”？纯粹是偏见，而我们也分享这种偏见。

· 形容词和副词被滥用：“sustainable”（可持续的），“green”（绿色的），“iconic”（偶像般的），“incredible”（令人难以置信的）和“incredibly”（令人难以置信地）。后面两个词，就像切尔诺贝利一样，应该在未来几十年里退役。我们得勉强使用“ironic”（讽刺的；具有讽刺意味的）和“ironically”（讽刺地；具有讽刺意味的是），而不是把这两个词用作纯粹古怪事物的标签。“famously”（“众所周知”，比如“众所周知，尤吉·贝拉[②]说过……”）只是用一种陈词滥调的方式为一个陈词滥调的引语找借口。

· 曾经看来很新鲜的短语：“低垂的水果”（用最少的精力就能轻易实现的目标），“倾倒点”（从量变到质变的临界点），“放牧群猫”（试图去控制或组织一群难以驾驭或处于混乱状态的个体，代指极难实现的任务），“服用了类固醇的”（在俚语里置于名词后，表示“加强版的……”），“把牙膏塞回牙膏管去”（事情已成定局，难以挽回），“在一天的结尾”（最终），“欢迎光临……的世界”（在用一段趣闻开头以后，用这种方式来宣告

① “incentivize”是名词“incentive”（物质刺激）加后缀“-ize”变成的及物动词“以物质刺激鼓励”。同义词“incent”在当代美式英语里比“incentivize”更少见。——译者

② 尤吉·贝拉（Yogi Berra，1925—2015），前美国职业棒球联盟捕手和总教练，棒球史上最伟大的捕手之一。也以精辟俏皮的语录著称，多用赘述和悖论，如下文会提到的“不到结束，就不算结束”。——译者

一个故事的主题）。

· 被误用的词语："enormity"仍然意味着某种可怕的东西，而不仅仅是任何巨大的东西。[①]"fractious"的意思是"脾气不好的"，而不是"导致分裂的"[②]。"disinterested"（公正无私的）和"uninterested"（不感兴趣的）不是同义词，"infer"（推断）和"imply"（意味着）也不是。

· 看来正处于过渡状态，无法再被使用以避免意义混乱的短语："beg the question"（乞求问题）曾经被用于批评一种循环论证，可现在的意思可能是"让人不禁想问"。两种意思都不可取。[③]"证据就在布丁里头"是一个不合逻辑的短语，存在的唯一原因是它的历史。如果你使用最初的说法，那么听上去会显得很古雅："布丁的证据就在吃里头（欲知布丁味，必待亲口尝。）"[④]同样的情况也发生在"couldn't care less"（直译"无法

① "Enormity"经常被用来表示"（数量、规模、范围）的巨大"，与"enormousness"同义。1960年代以来，很多语言学家将这种用法视为错误，认为"enormousness"可以表示物理意义上的巨大，而"enormity"只能在"大恶"的意义上使用。——译者

② 名词"fraction"除了"部分，片段"的意义以外，一度还有"关系不和"的含义。尽管后一种意义现在已经消亡，其衍生的形容词"fractious"（易怒的；烦躁的）仍然在被普遍使用。——译者

③ 这个短语出自拉丁语"*petitio principii*"（假定前提），亚里士多德《分析前篇》把它作为经典的非形式逻辑谬误之一，即以待论证的结论本身为前提或以待说服对象未接受的前提进行论证。16世纪该术语被英译为"beg the question"，其实这是源于一词多义的一种误译。今天，很多人用这个短语表示"让人不禁想问"的意思，比如："今年的赤字是5亿美元，这让人不禁想问：我们究竟什么时候才能平衡预算？"可是权威们认为这种用法不正确，至少也是有歧义的，所以建议避免使用"begs the question"，而是用"assumes the conclusion"来代替它本来的哲学意义，用"raises the question"或者"prompts the question"来代替它的后面一种用法。——译者

④ 这个谚语的英语表达来自1701年《堂吉诃德》英译本。一个简化的变体"证据就在布丁里头"可以上溯到1920年代，50年代开始在美国流行。——译者

在意更少"，意思是"毫不在意"）这个短语上头，由于莫名其妙的原因，它的功能被移交给不合逻辑的"could care less"（直译"能够在意更少"）。还有没写全的"as far as"，比如"就地理而言，我认为它位于非洲"。[1]

• 语词的滑稽误用："free reign"（行事自由）[2]，"shoulder on"（不顾困难坚持干下去）[3]，"tow the line"（循规蹈矩）[4]，"perks your interest"（引起你的兴趣）[5]，"a tough road to hoe"（艰巨任务）[6]，"doesn't jive with the facts"（不符合事实）[7]。

• 主要功能就是把注意力导向自身的词语，比如"eponymous"（与……同名的；使……得名的）。

• 被过度使用的强调成分："preternatural"（超自然的；奇异的），"quintessential"（典型的；本质的），"epicenter"（本意是"震中"，引申为"中心"）。

• 新闻报道惯用的形容词："top"（最高的），"key"（主要的），"leading"（第一位的），"ranking"（最高级别的）。

• 引发场所比喻意义的词语："realm"（王国，比喻领域、

---

① "as far as something"应该被写作"as far as something is concerned"或"as far as something goes"。——译者

② 直译"自由统治"，是对同音词"free rein"（放松马缰绳，比喻完全的行事自由）的滑稽误用。——译者

③ "shoulder"的意思是"肩膀"。这个短语是对"soldier on"（一直表现得像战士一样，比喻不顾困难坚持干下去）的滑稽误用。——译者

④ 直译"用绳子拖曳刻线"，是对"toe the line"（在军舰上，作为一种训练纪律的方法将脚尖抵在刻线上，比喻循规蹈矩）的滑稽误用。——译者

⑤ "perk"的意思是"抬头，翘尾巴，摆架子，逞能"。这个短语是对"piques your interest"（激起你的兴趣）的滑稽误用。——译者

⑥ 直译"通往锄头的一条难走的路"，是对"a tough row to hoe"（很难用锄头耕作的一行，比喻艰苦生活或艰巨工作）的滑稽误用。——译者

⑦ "jive"的本意是"用花言巧语欺骗"。美国人常常不加辨别地用它替代形近的"jibe"，表示"符合，与……一致"。——译者

范围)，“arena”（古罗马圆形剧场中央的竞技场，比喻竞争场所、活动舞台)。或者表达大而笼统数字的词语：“myriad”（古语“一万”，现指无数的、各式各样的)，“light-years”（天文学术语“光年”，在俚语里比喻“很长一段时间”)[1]。

·医学的俗语和陈词滥调：用“adrenaline（肾上腺素）”代表活力，“testosterone（睾丸素）”代表男性气概，“anatomy（解剖结构）”代表身体，“cancer（癌症）”代表任何“已经向身体其他部位转移的”坏东西。

·政治的陈词滥调：“grassroots”（草根，比喻基层民众)，“groundswell”（海啸，比喻公众情绪的迅速高涨)，“kicking the can down the road”（沿路踢罐头，比喻拖延着不解决问题)，“partisan bickering”（党派斗嘴，即党派纷争)，“red meat”（红肉，俚语里指诉诸狂热党派情绪的政治观点，让人联想到把生肉扔向大群嗜血的食肉动物)，“playing to the base”（迎合基层选民)。

·用“folks”指老百姓。现在到处都在不加甄别地乱用，特别是那些向听众曲意献媚的演说家。当一位总统说“像我一样的老百姓”时，只是提醒了你，根本就没有像他那样的老百姓——他可是总统啊。其他过分俚俗的词语：“most”表示“almost（差不多）”（“most everyone agrees”：差不多每个人都同意)，“couple”用作形容词（“he drove for a couple miles”：他开了几英里路)。

① “光年”是天文学长度单位（约9.5万亿公里)，但是因为名称里有“年”字，有时被误用作时间单位，由此衍生的比喻义“很长一段时间”是不规范用法。——译者

·声明自己作为作家很无能的词语："indescribable"，"beyond words"，"ineffable"（这三个词都是"言语难以表达"的意思）。

·来自流行文化的短语，令思想软弱的人非常容易接受："a little help from my friends（我的朋友们帮的一点儿小忙）"①，"make my day（让我高兴高兴）"②，"it's not over' til it's over（不到结束，就不算结束）"，"a perfect storm（完美风暴）"③，"your fifteen minutes（of fame）（你的十五分钟［出名时间］）"④，"it is what it is（事已至此，必须按照现状予以接受或处理）"，"I'm just sayin'（我只是说……，［别多心］）"，"zip，zilch，nada"（和"什么都没有"的其他俏皮说法）⑤。要预见这些印在书里的表达再过十年左右看上去会多么可悲，只要想想它们的几位前辈："sock it to me"（俚语，意思是"有什么招数冲我来；让我开开眼），"fab"（fabulous的缩略，"极好的"），"dig it"（俚语，根据语境有"深入调查，注意，理解，喜爱"等多种含义），"far out"（俚语，"怪异的"或"很酷"）。

---

① "披头士"约翰·列侬和保罗·麦卡特尼1967年创作的一首歌曲的名字。——译者

② 1983年美国电影《拨云见日》里克林特·伊斯特伍德扮演的角色所说的台词："来吧，让我也高兴高兴！"2005年被美国电影学会评为百年百大电影台词的第六名。——译者

③ 本意是由一系列气象学条件组合而形成的强大飓风或者其他大型恶劣天气，后用于比喻由许多因素聚合和彼此增强而引发的灾难。——译者

④ 美国著名波普艺术家安迪·沃霍尔（1928—1987）1968年说："未来，每个人都会举世闻名十五分钟。"这种现象一般指真人秀或者YouTube等流行文化形式制造出来的短暂名人效应。——译者

⑤ 美国饶舌歌手埃米纳姆（"痞子阿姆"，1972— ）单曲《把炸弹投在他们头上》里的一句"And I ain't wearing zilch，zip，nothing，no nada"（我身上一丝不挂），连用了四个表示"什么都没有"的词，除了nothing以外都是俚俗语。——译者

• 数字时代的词语和短语："killer app"（迷死人的应用程序），"reboot"（重启）。还有用"mega"（兆，代表百万）和"giga"（吉咖，代表十亿）和"nano"（纳诺，代表十亿分之一）作为前缀，比喻极大或极小。

• 用"pass"（消失）作为"die"（死亡）的委婉说法。（"pass away"就已经够糟糕的了。）

• 所有的体育比喻。

语法选注

正如被不懂的人糟蹋的短语，语法错误在广泛使用的过程中获得了合法性，可是进程更加缓慢，也许是因为它们从来也没有停止过让那些在小学里就学会害怕它们的人们感到刺耳。以下是一些仍然应该避免的例子：

• "Between you and I"（在你我之间）。正确的说法应该是"between you and me"，必须在所有这类情形中使用宾格（me）（"他们邀请我太太和我［me］参加"；"在弗雷德和我［me］看来，我们必须……"）。不错，莎士比亚犯了本文正在探讨的错误（在《威尼斯商人》里："……你我［I］之间债务已经两清"）。可是他设下的先例不是通例，不管怎样现在还不是。

• "I wish I would have . . ."（真希望我当初……；当初我要是……就好了）。这在过去主要是一种方言用法（中西部），可是现在广为传播。"I wish I had"才是正确的。

• 悬垂修饰语。姑且不论别的坏处，悬垂修饰语会让人非常难堪。一位著名的葡萄酒评论家曾经写过这种句子："一种色暗、味浓、强健有力的法国波尔多红葡萄酒，带着雪松的芳香，品尝后有樱桃的风味，我从来没有尝过来自这个大葡萄园的更好的供品。”①

• 混用动词“lie”和“lay”（两个词都有“躺下”的意义）。一百五十年前，爱默生就在极力抵抗这种现象，可是什么都没有改变。“lie”是不及物动词，而“lay”是及物动词。表示“我躺下”可以用“I lie down”或者“I lay my body down”。即使在说话的时候，也应该正确区分这一点。记住鲍勃·迪伦②的歌词：“Lay，lady，lay，lay across my big brass bed”（躺下，姑娘，躺下，横躺在我的黄铜大床上）。之所以要记住它，正因为它是错误的，虽说迪伦的独特用法听起来更加性感。

• 虚拟语气。谨防在“if”（假如）以后条件反射式地使用“were”（系动词的虚拟态）。之所以产生这种混乱，部分是因为“were”的这种用法曾经是虚拟结构整个系统的一部分。人人都知道在“If I were you”（假如我是你的话）和“If it were up to me”（假如由我说了算的话）等常见用法中，使用“were”是正确的。可是人们很容易在“were”不适用的时候，照样使用它。在“如果—那么”的条件复句里，“were”现在严格限定于和事实相反或真实性可疑的声明。当表述一个事实的时候，不要用

---

① “悬垂修饰语”是一种意义含混的语法结构，经常被规范语法当作一种错误。在本句里，作者的本意是让“我”之前描述红葡萄酒色、香、味的一长串修饰语作为宾语“供品”的同位语，可是词序却使读者觉得它是主语“我”的同位语，因此无心中导致了费解或者幽默的效果。特别是“cherry”一词，除了“樱桃”的基本义，在英文俚语里也有“处女膜”的意思，使得本句可能被读解为带有色情意味。——译者

② 鲍勃·迪伦（1941—　），极具历史影响力的美国摇滚、民谣音乐家。下引歌词出自歌曲“*Lay Lady Lay*”（1969）。

虚拟语气，即使出现“if”也不要用：“要是这个要让我破费1 000 块美金［If it was going to cost me a thousand bucks］，那么去他妈的，我说什么都得尽情享受一下。”意思是，1 000 块美金是实际的价钱。大多数虚拟语气不是已经消亡，就是垂死并且多余。“无论西红柿是一种水果还是一种蔬菜”（Whether tomatoes be a fruit or a vegetable）听上去显得矫揉造作，即使在最正式的文章里，也不是非用不可。

• 动词和主语一致的问题。越来越普遍地，作家们让动词和靠近它的最后一个名词而不是句子的真正主语保持一致（“The issue of continued job losses haunt the administration”［工作不断流失的问题长期困扰着管理层］。动词必须用单数的“haunts”）。

• 性别化的代词。在本书的好几个实例里，我们遵照习俗，用阳性代词代表男女双性。这种做法正在迅速遭受侵蚀，这是很有道理的。对于在形式上是单数却在意义上是复数的主语，规则看来有效地发生了改变。旧规则教导我们说“Everyone should do his best”（每个人都应该尽力而为），或者说“Nobody knows his manners these days”（如今没有人懂礼貌）。在这些例子里，复数代词（“Everyone should do *their* best”）在没有损耗太多语言成本的情况下，避免了性别偏见。《纽约时报》的新闻编辑部现在准许这种语法违犯。至少在其他一些情形里——比如，对于男性和女性消防队员毕业班的致辞——基于基本的礼貌，可以使用别扭的“他的或她的”。

在必须使用单数代词的其他例子里，一些作家把“他”换成了“她”，有时候全篇一贯，有时候交替使用，有时候随便乱用。对于那些使用这种做法的人们，这样做可能显得自然而然，可是对于许多读者（即我们）来说，未免自鸣得意。不过话又说回来，我们这辈人习惯了听到一个严正的声音在耳朵里鸣响，强行灌输老一套规则。指出这个声音属于一个正在教小学六年级的女士，是一种软弱无力的辩词。

其他的解决方案被提了出来。保守派作家查尔斯·默里[①]提出一个再简单不过的主意：使用适合自己自然性别的代词（简说“*everyone/her*，人人/她［的］”；约翰说“*everyone/his*，人人/他［的］”）。不幸的是，看起来除了查尔斯·默里本人以外，没有人承认这条规则。既然他是男性，要遵循这条规则，也不必付出什么代价。

到目前为止，还没有想出一个人人都认同的解决方案。在大多数情况下，变着法子在写作时不触犯这个问题是做得到的，办法是把主语变成复数，或者用某种其他办法改变句子的结构。

·表示“可能”的“may”和“might”。避免体育比赛解说员偏爱使用的令人烦恼的构造：把过去可能发生的事情描述得好像这件事可能确实发生了：“If he'd caught that pass, they may have won the game（要是他接到了那个传球，他们可能已经赢得了比赛）。”“May”的过去时态是“might”。

·混用“谁”的主格“who”和宾格“whom”。在口语里，如果存在疑问，人们总是可以使用“who”。错误的口头表达比浮夸的错误表达要好。常见的浮夸错误：“Whom shall I say is calling?（请问电话那头是谁在说话？）”“Give the job to

① 查尔斯·默里（Charles Murray，1943—　），最有名的著作是《钟形曲线：美国生活中的智力和阶级结构》（1994）。——译者

whomever will do it better（谁会做得更好，就把工作给谁）。”支配这类句法结构的规则并非完全显而易见。“Whom” 是宾格，可是在类似前面一个句子的用语里，整个从句（“whoever will do it better”）充当着宾语，而“whoever” 又是从句的主语。这条规则可能有些武断，但规则就是规则，违背它会让受过教育的人感到刺耳。在正式的写作中，你既不想显露错误也不想显得浮夸，所以值得花时间把这一点弄清楚。“Who shall I say is calling?” 才是正确的，正如“The person whom you called is not in”（你打电话找的人不在家）。

• 回指前面句子表达的观点或状态的关系代词“which” 和“that”。一丝不苟的作家庆祝自己能做出正确的区分，更放荡不羁的作家以自身无知为乐的程度并不逊于前者。大家应该知道两者间的区别，并且遵循语法，可是不应该妄自尊大。问题的症结在于限制性从句和非限制性从句之间的区别。《现代英语用法词典》对此有详尽解释，超过了绝大多数人必须知道的程度，可是该段落清晰、明确，并且饶有趣味。请参阅福勒。

写作指南和参考书目

The Artful Edit, by Susan Bell (Norton)

The Art of Time in Memoir, by Sven Birkerts (Graywolf Press)

The Writing Life, by Annie Dillard (Harper & Row)

Writing with Power, by Peter Elbow (Oxford University Press)

Writing Creative Nonfiction, edited by Carolyn Forché and Philip Gerard (Story Press)

Tough, Sweet and Stuffy, by Walker Gibson (Indiana University Press)

The Situation and the Story, by Vivian Gornick (Farrar, Straus and Giroux)

Intimate Journalism: The Art and Craft of Reporting Everyday Life, by Walt Harrington (Sage)

On Writing, by Stephen King (Scribner)

Telling True Stories, edited by Mark Kramer and Wendy Call (Plume)

Bird by Bird: Some Instructions on Writing and Life, by Anne Lamott (Pantheon)

The Forest for the Trees, by Betsy Lerner (Riverhead)

Unless It Moves the Human Heart, by Roger Rosenblatt (Ecco)

The Elements of Style, by William Strunk, Jr., and E. B. White (Macmillan)

Clear and Simple as the Truth, by Francis-Noel Thomas and Mark Turner (Princeton University Press)

Word Court, by Barbara Wallraff (Harcourt)

Style, by Joseph M. Williams and Gregory G. Colomb (Longman)

On Writing Well, by William Zinsser (Harper & Row)
The Chicago Manual of Style, by University of Chicago Press staff (University of Chicago Press)
Modern English Usage, by H. W. Fowler, revised edition by Sir Ernest Gowers (Oxford University Press)
Modern American Usage, by Wilson Follett (Hill and Wang)
Words into Type, by Marjorie E. Skillin and Robert M. Gay (Prentice-Hall)

图书在版编目(CIP)数据

非虚构的艺术 / (美) 特雷西・基德尔
(Tracy Kidder), (美) 理查德・托德(Richard Todd)
著;黄红宇译. — 上海:上海译文出版社,2019.7
(译文纪实)
书名原文: GOOD PROSE: The Art of Nonfiction
ISBN 978-7-5327-8106-5

Ⅰ. ①非… Ⅱ. ①特… ②理… ③黄… Ⅲ. ①纪实文学-美国-现代 Ⅳ. ①I712.55

中国版本图书馆 CIP 数据核字(2020)第 065735 号

Tracy Kidder and Richard Todd
GOOD PROSE: The Art of Nonfiction
Published by arrangement with Georges Borchardt, Inc. and
Dunow, Carlson and Lerner Literary Agency Inc.
through Bardon-Chinese Media Agency

图字: 09-2014-331 号

非虚构的艺术
[美] 特雷西・基德尔 理查德・托德/著 黄红宇/译
责任编辑/张吉人 装帧设计/邵旻工作室

上海译文出版社有限公司出版、发行
网址: www.yiwen.com.cn
200001 上海福建中路 193 号
上海信老印刷厂印刷

开本 890×1240 1/32 印张 6.5 插页 2 字数 119,000
2020 年 5 月第 1 版 2020 年 5 月第 1 次印刷
印数: 00,001-10,000 册

ISBN 978-7-5327-8106-5/I・4982
定价: 45.00 元